Nadine Desch

Les secrets du divan rose

N° 2

Trois boutons

Catalogage avant publication de Bibliothèque et Archives
nationales du Québec et Bibliothèque et Archives Canada

Descheneaux, Nadine, 1977-

Trois boutons
(Les secrets du divan rose ; 2)
Pour les jeunes de 12 ans et plus.
ISBN 978-2-89595-457-6
I. Laplante, Jacques, 1965-   . II. Titre.
PS8607.E757T76 2009   jC843'.6   C2009-941567-4
PS9607.E757T76 2009

© 2009 Nadine Descheneaux et Boomerang éditeur jeunesse inc.
4ᵉ impression : novembre 2011

Auteure : Nadine Descheneaux
Illustration de la couverture : Jacques Laplante
Graphisme : Julie Deschênes

La typographie utilisée pour la création de la signature
de cette série est la propriété de Margarete Antonio.
Tous droits réservés.

Dépôt légal — Bibliothèque et Archives nationales du Québec,
3ᵉ trimestre 2009

ISBN 978-2-89595-457-6

Gouvernement du Québec — Programme de crédit d'impôt
pour l'édition de livres — Gestion SODEC
Boomerang éditeur jeunesse remercie la SODEC
pour l'aide accordée à son programme éditorial.

Nous reconnaissons l'aide financière du
gouvernement du Canada par l'entremise
du Fonds du livre du Canada (FLC)
pour nos activités d'édition.

Imprimé au Canada

ASSOCIATION NATIONALE DES ÉDITEURS DE LIVRES

Pour Nancy.
Merci pour les projets fous partagés.
Et pour l'amitié et la présence
au quotidien.

« On ne peut dire à quel moment
précis naît l'amitié. Si l'on remplit un
récipient goutte à goutte, il finit par y
en avoir une qui le fait déborder ;
ainsi, lorsque se succèdent les
gentillesses, il finit par y en avoir
une qui fait déborder le cœur. »
Fahrenheit 451,
Ray Bradbury

1

Je déteste le hockey. C'est nul à dire quand son chum fait partie de l'équipe de la ville et qu'il est assez bon joueur, mais c'est la vérité.

À l'heure qu'il est, je devrais être assise sur une estrade froide à l'aréna avec mes amis. Je n'y suis pas. Mes fesses reposent sur le banc du parc. C'est trop difficile pour moi de résister à ces premières heures de beau temps. Entre un aréna froid et humide et la fraîcheur du timide printemps, j'ai fait mon choix. J'irai les rejoindre un peu plus tard. J'arriverai vers la fin de la première période, ainsi je m'épargnerai au moins 15 minutes de jeu.

Rosalie, ma meilleure amie — et la personne la plus insistante au monde — m'a déjà appelée deux fois. Et c'est sûr qu'elle va rappliquer. Elle est comme cela. Elle vit avec un téléphone à la main ou accroché à l'oreille. Moi, je n'ai que le téléphone cellulaire familial. Une chance que je n'ai pas trois frères et deux sœurs. Et comme je n'ai pas de père non plus, je ne le partage qu'avec ma mère ! L'ennui avec un téléphone commun, c'est que sur la facture, elle voit avec qui j'ai jacassé… Et si je parle trop longtemps, elle le saura tout de suite, car il ne lui restera plus de minutes sur la carte pré-payée. En tout cas, ça me donne l'excuse parfaite quand Rosalie s'éternise. Je lui dis que je dois raccrocher, autrement elle me paie une autre carte !

Tilidipdipdip ! Tilidipdipdip ! C'est sûr que c'est encore Rosie. Un coup d'œil sur l'écran me prouve que je dis vrai. Pas besoin de boule de cristal pour deviner l'avenir.

— Oui, Rosalie, je suis en route.

Je ne lui laisse même pas le temps de parler.

— (…) Monsieur Messier est arrivé plus tard. Je ne pouvais toujours pas laisser les deux petits tout seuls. J'étais leur gardienne, quand même ! (…) Non, je ne vous ai pas oubliées. Oui, je vous rejoins là-bas. Ce ne sera pas long. (…) Oui oui oui, Rosalie, tu m'as dit que tu avais trois monstrueux boutons qui avaient poussé sur ton front. (…) HEIN ? Tu as mis du dentifrice dessus ? Tu l'as enlevé, j'espère ! (…) Fiou ! Non, non, je ne ris pas de toi, mais un peu quand même ! Du dentifrice, t'es certaine que c'était la solution. (…) Ben oui ! Mets ton toupet un peu plus sur ton front, ça ne paraîtra pas. Ça ne se peut pas qu'ils soient si gros ! Rosal… (…) OK. On se voit là-bas !

Je raccroche et je prends soin d'effacer les appels sur l'afficheur. Si je suis chanceuse, ma mère regardera furtivement sa facture le mois prochain. J'espère. Autrement, elle va trouver qu'on exagère. Je suis censée utiliser le cellulaire pour des urgences. Mais trois boutons sur le front, c'est bien une urgence,

non ? Pour Rosalie, oui, en tout cas !
Rosalie pense que la vie ressemble à ce
qu'on voit dans les magazines. Elle a un
cruel besoin de se sentir complètement
parfaite pour être bien. Et trois boutons,
même minuscules, l'empêchent de toucher à sa version du bonheur.

J'ai gagné 20 $ ce soir en gardant
Justin et Raphaël, deux petits tannants.
Après trois heures de cris, de jeux et de
pleurnicheries, je suis contente de
prendre 10 minutes toute seule à savou-
rer le calme… avant d'aller me geler dans
l'aréna.

L'aréna. Faut que j'y aille. Pas le choix !
J'y vais « un peu beaucoup » pour Théo.
Mais je ne considère pas qu'on se « voit »
quand j'y vais. Sérieux ! Il est sur la glace
et je fais le glaçon dans les estrades. Ce
n'est pas ce que j'appelle une soirée en
couple ! Je n'ai jamais osé le dire vraiment,

mais je ferais bien d'autres choses de ma soirée… À ce propos, je me suis inscrite pour faire partie d'une pièce de théâtre spéciale qui commence dans un mois et demi. Juste dans le temps des séries. Si je suis prise, cela va m'éviter d'assister aux matchs de hockey. Mais je n'en ai encore parlé à personne ! Je ne suis pas une blonde « normale », je pense. Zoé, elle, ne manquerait jamais une partie des Météores. Elle et Lucas forment le couple le plus soudé de notre gang. Une vraie mordue ! Elle assiste même aux matchs à l'extérieur de la ville. Elle traîne ses parents ou elle y va avec ceux de Lucas. Zoé a vraiment changé depuis que Lucas est entré dans sa vie. Autant elle nous faisait croire que le sport était ce qui lui importait le plus au monde (ça, c'était avant !), autant on dirait qu'elle ne peut plus vivre sans Lucas (ça, c'est maintenant !). Et même quand il n'est pas là…, il est là quand même. Si Lucas mange du spaghetti à la cafétéria, Zoé va l'imiter, même si on sert des nouilles au porc à l'asiatique, son ex-plat préféré. « Le spaghetti donne plus d'énergie. Lucas en mange toujours avant d'aller jouer au hockey ! » Elle va finir par se fondre dans Lucas. Je trouve cela pa-thé-tique ! Sérieux ! Ce n'est pas parce qu'on est en amour qu'on doit s'oublier, non ?

Je ne sais pas si c'est à cause de mes réflexions ou du vent frais qui balaie les derniers bancs de neige, mais je frissonne tout à coup. Je serre davantage mon foulard mauve autour de mon cou. J'ai déjà un peu plus chaud. C'est mon foulard magique. Je l'ai acheté avec Théo la semaine qui a suivi la grande danse à la Maison des jeunes. Il est parsemé d'étoiles. Théo dit qu'il me ressemble et qu'il met mes yeux en valeur. J'aime bien le croire.

Théo… Mon chum ! Des fois, je me demande si je casse les oreilles de mes amies en leur parlant de lui. Comme Zoé écorche les miennes avec son Lucas. Moi, j'ai un jardin secret. Pas un jardin extérieur. Un coin de mon cœur où je plante tous mes secrets. J'ai aussi mon journal intime que j'écris chaque soir, allongée sur mon divan rose, mes écouteurs sur les oreilles. Mon divan connaît tous mes secrets. TOUS ! Mes amies ? Hummm, non ! Je ne leur dis pas tout. Ce n'est pas des cachotteries, c'est juste que j'ai besoin de cet espace-là pour me vider le cœur.

Sérieux ! Si je laissais Rosalie libre d'entrer dans mon jardin, ce serait la catastrophe ! Elle est ma plus vieille meilleure amie, mais je sais que si je lui disais une microscopique parcelle de mes secrets, la terre entière les apprendrait dans la minute (seconde ?) suivante. Son chum, Pierre-Hugues, semble être de mon avis. Il aime lui aussi être dans sa bulle. Il est musicien et écrit des mélodies. On se ressemble un peu, lui et moi. Ça doit être pour cela que Rosalie nous aime tous les deux. Moi aussi, j'aime être dans ma bulle. À l'intérieur de moi, finalement ! Sérieux, c'est mon monde chéri. Secret. Intime. Quand je m'éclipse dans ce lieu magique, je ne suis plus disponible pour personne. Pas plus pour Rosalie que pour Théo ou même ma mère.

Ahh ! Ma mère !! Faudrait que je l'appelle. Elle sait que je vais rejoindre les autres à l'aréna, mais elle m'a prêté le cellulaire familial justement pour que je lui donne signe de vie.

Heu ! Pas de réponse. J'ai laissé un message après avoir entendu le son de ma propre voix au répondeur. C'est trop drôle. Ma mère doit baigner dans son bain rose de bulles fragiles. Des fois, je me parle. Pas juste sur un répondeur, mais dans ma tête. Surtout quand je me sens à l'envers. Depuis un mois, je me jase souvent ! Ma vie a fait 2000 pirouettes. De quoi être étourdie ! On a des amoureux. Toutes les quatre. On devrait être heureuses. Complètement heureuses. Follement heureuses. Sérieux ! On en rêve depuis... des mois ? Des années, plutôt ! Mais moi, au lieu de flotter sur un nuage, je sens des cailloux au fond de mon cœur.

Emma, non plus, ne goûte pas au bonheur total. Ses parents ne sont pas du tout contents que leur fille ait un amoureux. Mais alors là, pas du tout. Ils ont peur que les notes d'Emma baissent ! Comme si avoir un chum allait nous rendre idiotes. Alors, Charles-Éric ne peut pas aller chez Emma. JA-MAIS ! Il pouvait avant qu'elle dise à ses parents que ce n'était pas « un » ami, mais bien « son petit » ami. Peut-être qu'elle aurait dû oublier « involontairement » de le préciser ! Bref, notre grand bonheur d'avoir des chums est plutôt moyen. Très, très moyen…

Et en plus, je perds un peu mes amies. Finies nos grandes soirées du vendredi ! La preuve, ce soir c'est la première fois que les filles viennent à la maison depuis… le lendemain de la danse ! Finis aussi les rendez-vous après l'école sur le divan rose ! Trop plate ! Quand ce n'est pas Zoé qui est partie faire du sport avec Lucas, c'est Emma qui va rejoindre Charles-Éric en cachette. Rosalie est la plus fidèle. Pierre-Hugues étant très indé-pendant, elle n'a pas le choix d'essayer de l'être aussi. Parfois, c'est moi qui ferme la porte de ma chambre à mes amies parce que Théo vient passer la soirée avec moi. Et le plus souvent, on se rejoint tous à la Maison des jeunes. Sérieux ! C'est très top, cette nouvelle place ! Ce n'est pas l'école. Ce n'est pas la maison. Il y a plein de cours et d'activités. C'est là que je vais peut-être faire du théâtre. Il y a un grand babillard où on peut laisser des messages à nos amis ou des annonces si on a besoin d'aide pour un projet. Souvent, les filles et moi, on passe par là maintenant pour se donner rendez-vous. Il y a un salon avec des divans, des tables, des chaises, une table de billard et une table de « baby-foot ». Sérieux, c'est super... pour ceux qui n'avaient pas de quartier général comme nous. Moi, je vois cela comme de la pure compétition pour mon divan rose. Ça nous sépare encore un peu plus. La vie à huit, ce n'est pas toujours facile ! Déjà que juste toutes les quatre, on se prenait la tête ! Maintenant qu'il faut tenir compte des amoureux, c'est devenu ultra-compliqué...

Bon, voilà que le vent soulève mes cheveux. J'ai vraiment froid maintenant, assise sur ce banc de parc. Il vaudrait mieux que je me dirige vers l'aréna. J'ai tout un ouragan dans la tête.

En prenant une grande inspiration comme pour me donner un élan, je remarque que l'air n'a pas le même goût que d'habitude. On dirait qu'il est plus sucré. Cette impression étrange me fait croire que quelque chose va changer ce soir... Voilà que je lis l'avenir dans les courants d'air, à présent!

Bon! Vite! Il faut que j'entre, sinon la partie va être terminée. Et puis... j'ai hâte de voir Théo. Et les filles.

2

— Salut, tout le monde !

— Freeeeeed ! Ça a été hyper long ! J'ai rappelé il y a au moins 25 minutes et il n'y avait pas de réponse. Qu'est-ce que tu as fait ?

Je n'ai pas eu le temps de déposer mon sac en bandoulière que Rosalie me tombe dessus.

— Ben non, j'ai rencontré quelqu'un en cours de route et on a jasé un peu dans le parc.

Bon. Disons que c'est un demi-mensonge.

— Qui cela ?

— Euh… une amie de ma mère.

C'est un vrai mensonge, finalement.

— Racontez-moi la partie, plutôt.

— Ton Théo a marqué un but parce que mon Lucas a fait une superbe passe, commente rapidement Zoé.

— « Mon » Théo, franchement ! Il ne m'appartient pas ! Pas plus que « Ton » Lucas ! T'es drôle, toi, depuis quelque temps.

Zoé rougit.

— Emma et Charles-Éric ne sont pas là ?

— Non, ils sont encore chez Charles-Éric. Ils s'en viennent eux aussi !

Théo passe près de la bande juste en dessous de nos bancs. Il me fait un signe de la tête. Discrètement. Je remonte mon foulard sur le bout de mon nez. C'est notre signe secret.

— Hé, Rosie, j'y pense. Ils sont où, tes énormes gros boutons gigantesques ?

— Arrête donc ! Tu ne les vois pas, là, sous mon toupet ! Ils sont tout rouges et boursouflés.

— Je le savais ! T'exagères, Rosalie ! On ne les voit même pas. Je suis certaine que tu t'en fais pas mal trop. Et je pense même que nous, les filles, on s'en fait beaucoup trop par rapport aux gars. Au fait, Pierre-Hugues les a remarqués ?

— Ne me parle pas de lui. Comme tu vois, il n'est pas là. Il aimait mieux aller à la Maison des jeunes pour écouter un groupe de musique répéter son spectacle. Et il m'a clairement fait comprendre que je n'étais pas la bienvenue.

— C'est pas bien grave.

Rosalie fait rouler ses yeux vers le haut comme si ce que je viens de dire n'avait aucune allure.

— C'est vrai ! Ce n'est pas grave pour tes boutons : Pierre-Hugues ne les verra donc pas et ce soir, tu couches chez moi. Arrête de dramatiser.

— Pfft ! Disons ! Mais j'ai apporté ma trousse pour faire sécher mes boutons, dit-elle en brandissant un tube de dentifrice.

— T'es complètement folle ! Mais je t'aime comme cela !

Je lui fais une énorme accolade. Ça me fait du bien de me retrouver avec les filles… sans aucun gars. À part ceux qui se démènent sur la glace. Je lui ai murmuré dans l'oreille : « Arrête de t'en faire, Rosie ! Promis ? » J'ai senti un frisson passer entre elle et moi. Il y a autre chose que ses trois boutons qui l'achalent. Et plus encore que Pierre-Hugues. C'est décidé ! Ce soir, on met cela au clair. En attendant, je cours chercher trois chocolats chauds bien brûlants.

— Dépêche-toi, sinon tu vas encore tout manquer, lance Zoé.

Pas question que je me dépêche ! Faire l'aller-retour entre le casse-croûte me permet d'éviter le contact prolongé entre mes fesses et le banc froid. Qu'est-ce que je vais bien pouvoir inventer encore pour faire une pause chaleur tantôt ? Une envie pressante, mais ensuite ? Pour ne pas faire paniquer Zoé et Rosalie, je reviens quand même en cinq minutes top chrono.

J'ai à peine eu le temps de m'asseoir qu'un grand BANG! me fait me relever aussitôt. Un joueur a percuté la bande. On a même entendu un CRAC! pas possible. Du genre qui grince encore dans mes oreilles. Puis l'instant d'après, le silence a envahi l'aréna. C'est sûr qu'il va y avoir un blessé. Un vrai. Avec l'ambulance et tout le kit! Qui? Qui?

Tout le monde, autant sur la glace que dans les estrades, semble figé sur place. On est tous debout, mais on ne voit pas grand-chose. Trop de joueurs autour du blessé. On ne sait même pas si c'est un joueur des Météores ou des Radars qui est blessé.

Un rapide coup d'œil au banc des joueurs. Théo est là, debout comme ses coéquipiers, à essayer de voir ce qui se passe. Fiouuuu! Il n'a rien. Je suis tellement soulagée que j'en ai les larmes aux yeux. Cette réaction me surprend moi-même.

Hiiiiiiiiiiiiiiii ! Le cri de Zoé me ramène à la réalité. Le garçon étendu par terre, les bras en croix : c'est Lucas.

Malheur ! Zoé se met à trembler. Son chocolat chaud se renverse sur son manteau. Sur le mien. Sur ses jeans. Dans mon sac. Paf ! Son gobelet tombe par terre.

— Lucas… non ! Pas Lucas, s.v.p., souffle-t-elle en portant ses mains à sa bouche.

J'ai l'impression qu'elle va s'évanouir. Et Rosalie aussi ! Bien sûr ! Elle ne manque jamais une occasion de vivre — pour vrai — un mélodrame !

Une chance : Emma et Charles-Éric arrivent au même moment. Je les entends parler (presque roucouler) de loin. Facile, ce sont les seuls qui osent parler dans tout l'édifice. Probablement trop absorbés dans leurs minoucheries, ils ne se sont rendu compte de rien. Pourtant, un silence comme celui-ci est glacial. Puis j'entends leurs pas s'accélérer en martelant les planchers de métal. Ils entourent Zoé, tandis que Rosalie et moi restons figées. Franchement, on fait dur. On est à côté de Zoé et on ne fait rien pour l'aider. La panique nous a paralysées, je pense.

— C'est correct! C'est correct, Zoé. Il bouge les jambes, c'est bon signe! tente de la rassurer Emma en l'aidant à se rasseoir.

Un discret bourdonnement s'élève à nouveau dans l'aréna. Lucas vient de brandir sa main dans les airs en levant son pouce. On dirait que tout l'aréna a enfin repris son souffle. Tous les joueurs font résonner leur bâton sur la glace dans une symphonie rassembleuse.

Les ambulanciers sont finalement arrivés et ils installent Lucas sur la civière. En moins de 10 minutes, il est parti. Direction : l'hôpital.

Emma met sa main sur la cuisse de Zoé. Je pose la mienne par-dessus et

Rosalie m'imite. À présent, je m'en veux un peu d'avoir taquiné Zoé en arrivant. Ça saute aux yeux, et ça se voit sur son manteau imbibé de chocolat chaud : elle aime BEAUCOUP ! Lucas.

Quand ma mère passe nous chercher, comme convenu, à 21 h 30, on vient d'avoir des nouvelles de Lucas. Aucune commotion cérébrale, mais quand même une fracture à la jambe. Moins grave, mais fracture rime quand même avec opération, plâtre, convalescence, fauteuil roulant, et surtout, fini le hockey pour l'année ! Zoé a l'air d'être soulagée et catastrophée à la fois. Comment peut-on « encourager » son hyper sportif de chum quand on sait qu'il sera immobilisé pour un bout ? Ayoye ! Ce ne sera pas évident.

— Bon ! Allez, les filles ! Ça suffit ! On ne va pas rester ici pendant des heures.

Ma surprise va se gaspiller si on ne bouge pas ! lance soudain ma mère.

On la suit, mais je pense qu'Emma dirait « oui » au sac de couchage pour rester avec Charles-Éric, même si elle devait camper dans l'aréna avec une trentaine d'autres personnes.

Grandes émotions = grande faim. Aussitôt arrivées à la maison, on enfile nos pyjamas en exactement 26 secondes. Oh ! Que c'est agréable !

Sur la table de la cuisine, il y a deux grandes pizzas aux fruits, avec Nutella et crème fouettée. Et quatre verres de lait au chocolat ! SUPER ! Le menu parfait !

— Wow ! Ma mère ne ferait jamais cela pour moi ! s'exclame Rosalie en se laissant tomber sur le divan.

— La mienne non plus, tu peux être sûre, déclare Emma. Elle est bien trop occupée à travailler ou à me surveiller.

Au cas où elle verrait l'ombre, la trace ou un cheveu de Charles-Éric !

— En tout cas, après autant d'émotions, ça fait vraiment du bien, ajoute Zoé. Merci, les filles… Merci d'avoir été là pour moi tantôt. J'ai trouvé cela très dur de voir mon Lucas comme cela…

— Ce qui va nous faire du bien, c'est d'être ensemble juste toutes les quatre, dis-je pour conclure.

Je m'installe sur le divan entre Emma et Rosalie en les poussant avec mes hanches.

— Tassez vos petites fesses ! Je veux une place ! fais-je.

— Es-tu en train de me dire que je suis grosse ? Que je prends trop de place ! réplique Rosie, un peu fâchée.

— Oh Rosie ! Franchement ! dis-je.

— Ben quoi ! Déjà avec mes boutons… soupire-t-elle.

— Quels boutons, je n'ai rien vu ! affirme Emma.

— Normal, tu ne regardes que le blanc des yeux de Charles-Éric, toi! rétorque Zoé.

— Bon! T'as décidé d'imiter ma mère, Zoé? proteste Rosalie.

— Quels boutons pour vrai? Je peux t'aider. J'en ai eu un énorme sur le nez la semaine passée. J'ai fait de la purée de concombre et je m'en suis étalé dessus ensuite, explique Emma.

— De la quoi? s'étonne Rosalie pour qui « solution aux boutons » = « direction : le bonheur »!

— Je peux téléphoner à mes parents, Fred? demande soudain Zoé. Je me rends compte que j'ai oublié de leur raconter ce qui s'est passé.

— Pas de problème! Va dans le salon, tu seras plus tranquille. Ici, j'ai deux grandes spécialistes de l'armée anti-boutons…

Je dis cela en souriant et en engouffrant une autre part de pizza aux fruits.

J'aime presque mieux qu'on reparle boutons et autres trucs de filles. Ça me
prouve qu'on est restées les mêmes. Un
peu. Beaucoup ? Je n'ai pas envie de
perdre mes amies parce que j'ai un chum.
Mais des fois, je me demande si elles en
ont envie autant que moi ?

— Mais ta purée de concombre, tu l'as
laissée combien de temps sur ton bouton ? Et qu'est-ce que ça a donné ? questionne une Rosalie hyper intéressée.

— Euh… rien ! Je l'ai appliquée pendant une dizaine de minutes, ça dégou-
linait de partout. Mais le lendemain, j'ai
coupé un raisin en deux et je l'ai laissé
cinq minutes sur mon bouton sans bouger. Et figure-toi que mon bouton est
disparu ensuite. Ben, le lendemain, là !
Mais quand même…

Sérieux, il n'en fallait pas plus pour
que Rosalie louche en direction de la
pizza. Pas pour en reprendre une part,
mais pour la dégarnir de ses raisins et se

les mettre sur ses boutons. Elle coupe un raisin avec ses dents et lèche la crème fouettée et le Nutella. Hyper concentrée !

Quand Zoé raccroche, elle lance de la pièce voisine sur un ton presque joyeux (enfin !) :

— J'irai à l'hôpital avec mes parents demain matin. Fiou ! Il me semble que je respire mieux. J'ai hâte de voir mon… J'ai hâte de voir Lucas ! Vous allez être contentes ! Je n'ai pas dit « mon »… Qu'est-ce que vous faites donc ?

En entrant dans la chambre, elle pousse un cri. Moitié de surprise. Moitié d'horreur. Rosalie a trois gros raisins verts sur le front. On dirait trois énormes pustules de sorcière.

— Vous êtes complètement folles ! s'écrie Zoé.

Ces trois petits raisins font tellement rire Zoé qu'elle passe 15 minutes roulée en boule sur le divan. Sérieux, c'est un peu exagéré. Mais on dirait que cet énorme fou rire a un effet thérapeutique ! D'un côté, le cœur de Zoé semble plus léger. De l'autre, Rosalie a pu dédramatiser son histoire de boutons. Et puis, grâce à quelques fruits et un brin de folie, on est redevenues les amies complices qu'on était avant.

On s'est endormies vraiment tard. Trop parlé ? J'ai réussi à dire à mes amies qu'on ne se voyait plus assez juste entre nous. Trop top ! Elles ressentaient la même chose.

J'ai été la dernière à m'endormir. J'ai fait une excursion dans mon petit jardin secret avant de fermer l'œil.

Au petit matin, Zoé se lève la première en faisant exagérément du bruit. Elle a l'habitude d'aller courir dehors avant de déjeuner, mais ce matin, elle a surtout hâte de voir Lucas à l'hôpital. Et même moi, j'ai hâte d'aller rejoindre Théo. Au programme aujourd'hui : l'aider à trouver un cadeau pour la fête de sa mère.

— Ah zut ! s'exclame Zoé. J'ai fait trop de bruit ?

— Ben non, Zoé ! C'est OK ! Il est quelle heure ? dis-je.

— Déjà 10 h !

— Ahhh ! Ma mère va être là dans 10 minutes pour me reconduire à mon cours de danse, panique Emma, qui vient de se réveiller.

— Ahh ! Mes boutons, ils sont toujours là… ? demande Rosalie en ouvrant l'œil.

— Euh… fait Emma.

— Ben… c'est que… commence Zoé.

— QUOI ? ? s'impatiente Rosalie.

— Il y en a trois de plus. On dirait qu'ils se sont multipliés ! dis-je prudemment.

— …

Ce n'est même pas une farce. Rosalie va capoter. Pour trois boutons, la terre a bien failli s'arrêter de tourner, alors pour six, il y a un météorite qui va fracasser sa vie.

— NOOON ? s'écrie-t-elle en se tamponnant frénétiquement le front. C'est trop dégueu ! Pourquoi j'ai plein de boutons ? Ma vie est foutue ! Vous et vos idées de raisins sur le front. J'aurais dû m'en tenir à la pâte dentifrice ! Les raisins ont peut-être activé la production des autres boutons. Je ne sortirai plus de la fin de semaine à cause de cela !

— Qu'est-ce que tu étais censée faire déjà ? dis-je en essayant d'enfiler ma camisole et ma veste.

Rosalie rougit.

— Euh… Je vais voir Pierre-Hugues. Il devrait m'appeler tantôt, je crois.

— Je suis sûre que c'est un petit mensonge. Pierre-Hugues ne doit rien lui avoir promis du tout.

— Super ! fais-je.

Moi aussi, je peux faire semblant… de la croire. Je l'appellerai en revenant des magasins. Elle doit mourir d'envie de venir avec Théo et moi, mais je résiste. Je veux être seule avec Théo.

Même si magasiner avec Rosalie est toute une aventure! Elle essaie plein de trucs, fait des commentaires sur tout et peut passer au moins une heure à écouter les nouveautés dans un magasin de musique sans être tannée. Habituellement, c'est moi qui la supplie de partir!

Une journée dans un centre commercial avec elle et on n'a pas une minute pour s'ennuyer! L'été dernier, on a battu un record probablement jamais inégalé. Il pleuvait depuis trois jours. On avait épuisé tous les films du club vidéo, tous les magazines de filles et au moins 10 jeux vidéo différents. Un matin, on a donc demandé à la mère de Rosalie de nous déposer à l'immense centre commercial, près de son bureau. Elle a accepté : c'était sur sa route et ça ne la mettait pas en retard. Nous deux, on était folles de joie ! Bon, pas les premières 45 minutes, car on est arrivées si tôt que les boutiques étaient encore fermées. Mais ensuite, on a passé la journée là. Pas jusqu'à 16 h. Pas jusqu'à 18 h. Non, non ! Jusqu'à 21 h. C'est ma mère qui est finalement revenue nous chercher parce que celle de Rosalie avait oublié qu'on était là-bas : elle était partie rejoindre le futur « beau-père » de Rosalie. Et le plus fou là-dedans, c'est qu'on ne s'est même pas aperçues qu'on avait passé plus de 12 h à cet endroit ! On a essayé au moins 15 robes chacune, des dizaines de jeans et de chandails. On s'est fait maquiller en disant à l'esthéticienne que nos mères n'étaient pas loin et qu'elles achèteraient probablement les produits qu'elle nous proposait ! On est restées au moins deux heures dans la mégalibrairie à feuilleter les magazines, scrutant chaque photo de toutes les stars, et ensuite à écouter presque toutes les chansons de tous les nouveaux disques. Mais la chose la plus capotante, on s'est imaginé qu'on emménageait en appartement ensemble et qu'on le meublait! On avait donc deux chambres, une cuisine, une salle de bain et un immense salon (tous imaginaires, mais bon!) à décorer. On a choisi des couleurs de peinture à la quincaillerie, on a choisi des mobiliers de chambre (un blanc pour moi et un tout noir pour Rosalie), des couvre-lits aux couleurs complètement folles, des coussins, des serviettes de bain, des luminaires, un écran télé presque aussi grand qu'au cinéma, des tapis, des tasses, des armoires et des divans. On n'a même pas vu le temps passer. Trop top!

Je suis certaine qu'on ne fera pas cela, Théo et moi. Avec Théo, ça va être tout autre chose. Il m'a dit : « Plus vite on va trouver, plus vite on va être débarrassés! » Un vrai gars…

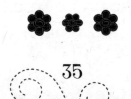

Emma est partie en vitesse quand sa mère a klaxonné deux petits coups bien secs. Message clair : grouille ! Zoé a avalé son déjeuner en trois bouchées.

— Bye, les filles ! Je vous donne des nouvelles de mo... de Lucas tantôt ! a-t-elle lancé en partant.

Tiens, tiens ! Le message est rentré. Elle a compris que c'était un peu bizarre de toujours dire « mon Lucas ».

— On descend un peu dans ta chambre ou Théo arrive bientôt ? me demande Rosalie, qui ne semble pas pressée de partir.

— On a le temps. Je vais le rejoindre à 11 h. Il nous reste une demi-heure. Mais je file sous la douche avant, OK ?

Rosalie s'installe sur le divan rose et serre mon gros coussin rose tout poilu. Je file sous les jets d'eau bien brûlants. Je fais vite, car je veux parler à Rosalie. Il y a quelque chose dans son regard qui me dit que ça ne va pas très bien.

Peut-être qu'elle est bonne comédienne, mais mes yeux savent voir au-delà des apparences. En fait, c'est probablement plus mon cœur. Il vibre différemment quand Rosalie broie du noir.

— Au fait, tu n'as pas dit que Pierre-Hugues t'appellerait ? Tu n'as pas peur de manquer son appel ? lui dis-je en réapparaissant déguisée en saucisson avec un turban sur la tête.

— Ouin… puffff… Bof…

— Il va t'appeler, oui ou non ?

— Ben… peut-être.

— Peut-être comment… ?

— On a plutôt décidé d'arrêter d'être ensemble… pour un bout du moins.

— Ah non ! C'est pas vrai !

Pour seule réponse, Rosalie fait un sourire forcé, hausse les épaules et incline sa tête légèrement. Ses yeux se remplissent de larmes, mais aucune ne coule. Comme si elle était gênée de me dire ce qui ronge son cœur.

— Mais c'est quoi ? Il va t'appeler pour vrai ou c'était une façon de ne pas nous le dire ? Je ne saisis pas. Explique-moi, Rosie. Je sais que ça te fait de la peine. Je peux annuler avec Théo si tu veux.

— NON ! Annule pas avec Théo. Tu n'as pas à faire payer à Théo mon « non-amour » avec Pierre-Hugues.

— T'es sûre ? Raconte en tout cas. Tu sais bien que tu peux tout me dire.

— On n'a pas officiellement cassé, mais il m'a demandé de lui laisser de l'air. En gros : je l'étouffe.

— Ishhh…

— Ouin, tu peux le dire « ishh ». C'est dur à prendre. Mais tu sais quoi, je ne suis même pas sûre que s'il cassait vraiment, j'aurais de la peine. De la vraie peine.

— Tu ne l'aimes pas ?

— Ce n'est pas cela…

— Y a autre chose, hein Rosie ?

— Ben, mes boutons, là ! C'est vraiment laid ! Pierre-Hugues ou pas !

— Rosie, je suis sérieuse. Tantôt, tu disais « ce n'est pas de la vraie peine ». C'est quoi la vraie peine qui t'écrase le cœur ?

— Rien… Y a rien d'autre.

— Ro-sa-liiiiiie.

Je lui ai servi mes yeux méchants. Je sais qu'il y a anguille sous roche. Si ce n'est pas Pierre-Hugues la source de ses soucis, ça ne doit pas être ses boutons, quand même. Faut pas virer fou.

— Si tu ne me le dis pas, Rosie, j'appelle Théo pour annuler et j'attends ici toute la journée, sur le divan, que tu me dises ce qui se passe. Parce que ce n'est pas vrai que je vais te laisser avec cela en travers de la gorge. Pas question. Alors, tu craches le morceau ou j'annule ma sortie avec Théo. Et tu auras cela sur ta conscience en plus.

— OK OK OK ! Ma mère et Sylvain…

— Quoi ?

— Depuis que Sylvain est là avec ses deux petites maudites filles fatigantes, ben ma mère est toujours sur mon dos.

Et lui aussi ! C'est pas mon père ! Il m'énerve. Ma mère m'énerve. Et c'est tellement plate chez nous, maintenant. Tu sais, si je voulais toujours être avec Pierre-Hugues, c'était pour éviter de rentrer à la maison. Pour te montrer comment je suis folle ! J'aurais presque aimé que ma mère réagisse comme celle d'Emma et qu'elle m'interdise de le voir parce qu'elle ne voudrait pas que cela nous éloigne, elle et moi. Je voulais être avec Pierre-Hugues parce que toi et Théo, vous étiez souvent ensemble. Parce que Zoé est toujours partie faire du sport avec son équipe de basket ou du ski, ou bientôt sa course. Parce qu'Emma a 2000 cours intéressants. Et que moi, je ne fais jamais rien. Ma mère n'a d'yeux que pour les deux pestes et leur père, et moi, je n'existe plus.

— Je comprends…

Je m'approche d'elle doucement, mais elle retire immédiatement la main que je voulais poser sur la sienne.

— Non, Fred, tu ne peux pas comprendre. Tu as toujours tout. Je pensais te jalouser. Mais ce n'est même pas cela. C'est comme si moi, je ne pourrais jamais avoir tout ce que tu as. Ta mère est trop géniale. Elle est toujours là pour toi, pour nous et même pour moi. Je pense qu'elle a plus fait pour moi que ma propre mère depuis l'arrivée de Super-Sylvain. Je l'appelle SS en cachette. Ma mère est pâmée sur tout ce que SS fait. Sylvain par-ci, Sylvain par-là. Et là, c'est rendu que Sylvain reste presque en permanence à la maison. Donc, on a les deux pestes une fin de semaine sur deux en plus des mercredis soirs. Et le week-end restant où on a la paix, ben ma mère ne se consacre qu'à Sylvain. « Tu comprends, Rosie, c'est le seul temps qu'on a entre amoureux ! » Alors, on ne sort plus magasiner. On ne va plus au cinéma. On ne se loue même pas de films. Ben, EUX, ils s'en louent, mais moi faut que je regarde ce qui passe sur ma minuscule télé dans ma chambre. Bref, Super-Sylvain m'énerve.

— Rosie… Même si tu penses que j'ai tout, je t'assure que ce n'est pas le cas. Peu importe qui on est, on voudra toujours quelque chose de mieux. Je suis même certaine que les grandes stars qui ont de l'argent par millions, des maisons par dizaines, des garde-robes à faire mourir d'envie et aucun bouton sur la figure, elles veulent toujours autre chose. C'est cela qui nous garde en vie, Rosie. Autrement, on n'aurait pas de rêve. Je ne voulais pas te faire de peine en disant que je te comprenais. Rosalie, c'est vrai que je comprends un peu, disons, comment tu te sens. Tu te sens perdue. Toute seule. Et moi, tiens, confidence pour confidence, hier je n'ai rencontré personne en allant à l'aréna. Je me suis juste assise sur un banc pour réfléchir un peu. Je me sens dans un tourbillon. On dirait que je ne sais plus ce que je veux vraiment. J'aime être avec Théo, mais quand je suis avec lui, Emma, Zoé et toi, vous me manquez. Quand on est ensemble toutes les quatre, je m'ennuie de Théo… Sérieux, c'est trop niaiseux !

— Comme si on n'était pas soi à 100 % partout…

— Oui, un peu…

J'ai vu une minuscule petite étincelle dans les larmes de ses yeux. Il y a de l'espoir.

— Ces temps-ci, en tout cas, je me sens 0 % moi chez moi. Et voilà que Pierre-Hugues en rajoute.

— Tu sais, c'est bien plate à dire. Mais peut-être que c'est mieux ainsi. Peut-être que vous allez juste faire une pause et qu'ensuite, vous allez vous retrouver quand vous vous serez retrouvés vous-mêmes. Chacun pour soi.

— Peut-être. Mais je n'y crois pas. Je ne crois plus en grand-chose.

— Rosie ! Tu peux me croire, moi. Et moi, je ne te laisserai pas tomber. C'est 100 % garanti. Je pense qu'on a trop relâché nos pizzadredis et que ça nous manque.

— Oh oui ! Dire qu'on pensait que le plus compliqué était de trouver un amoureux. C'est ensuite que ça se complique !

Ah ! Déjà 10 h 55. Mon rendez-vous avec Théo.

— Tu veux venir ? dis-je à Rosalie.

Je ne peux pas la laisser comme cela. Je sais que Théo ne sera pas enchanté, mais bon. C'est mon amie, tant pis ! C'est plus important.

— Non merci ! Tu m'as vu l'air ? Je pense que je vais prendre cela mollo. J'ai une tonne de devoirs à rattraper en plus. Je n'avais pas la tête à cela cette semaine, alors je vais en profiter aujourd'hui. Et je vais me faire un masque aux concombres... et non aux fruits. On verra bien.

On se fait un mégacâlin. Je sais que Rosie se meurt d'envie de venir avec nous, mais elle a compris que je préfère être seule avec Théo. C'est cela une vraie amie à 100 %.

Théo et moi marchons main dans la main, tout doucement, jusqu'au centre commercial. Je papote tout le long du trajet. Comme une pie hyperactive de la mâchoire, je fais un (long) résumé de ma soirée d'hier. En arrivant à destination, je me rends compte que Théo n'a dit que des « humm humm », des « oui », des « non », etc. Aucune phrase complète. Du coup, je me sens coupable. Je prends peut-être trop de place ?

— Ça va, Théo ?

— Ça va, Fred. Mais c'est juste que tu parles tellement que je n'ai pas réussi à dire grand-chose. C'est hallucinant…

— Tu me trouves étouffante, aussi ?

— Ben non ! Je ne suis pas Pierre-Hugues et tu n'es pas Rosalie, surtout. Mais respire, Fred ! Arrête de capoter !

— Facile à dire ! Toi, tu ne t'en fais jamais pour des niaiseries, des fois ?

— Comme ?

— Comme… euh… comme les résultats des équipes de hockey chaque matin. Moi, je me préoccupe de gens qui sont près de moi et qui me connaissent.

— C'est-tu comme un reproche, cela ?

— Non, Théo, c'est un exemple ! lui dis-je en lui faisant un clin d'œil.

Je n'ai pas envie d'être en brouille avec lui. J'arrête de l'assommer avec mes histoires d'amies et mes réflexions.

— Bon, qu'est-ce que tu veux trouver pour ta mère ?

— Un pyjama. C'est déjà décidé. On ne perdra pas notre après-midi ici.

Je ne peux pas m'empêcher de faire un sourire. Je le savais… Il dépose un baiser fondant sur mes lèvres, puis il passe sa main dans mes cheveux. Quand elle revient sur ma joue, je la trouve ultra-rugueuse.

— Ayoye ! C'est pas de la petite peau douce cela ! Tu devrais mettre quelque chose là-dessus.

— Ben oui ! Je pourrais demander à Rosalie-Mademoiselle-Petits-Pots ! C'est tellement mon genre de me beurrer ! À moins que je mette de la purée de raisins !

Quand il me taquine, Théo sourit avec ses yeux. Ils sont presque fermés tellement ses pommettes remontent et des rayons se créent aux deux coins. Je n'ai jamais vu de si belles « rides ».

— Tu aurais accepté qu'elle vienne magasiner avec nous ?

— Aujourd'hui ?

— Oui...

— Pour être franc, si tu m'avais dit cela avant que tu me racontes ce qu'elle t'a dit, j'aurais été fâché. Ce n'est pas avec elle que je voulais être, mais avec toi. Mais si tu me le demandais maintenant, ça ne me dérangerait pas. Je la trouve un peu excessive, mais je comprends que ça ne doit pas être agréable pour elle de ne pas se sentir la bienvenue partout où elle va.

— T'es tellement fin, Théo!

— Je le sais…

Il me sert un de ses mégasourires qui me font chaque fois craquer.

— Dis-moi pas que tu l'as cachée dans ton sac au moins?

— Quand même! Ce n'est pas une poche de hockey que je traîne!

— Côté grandeur, c'est presque la même chose!

Théo n'arrête pas de me taquiner parce que je trimballe toujours 2000 trucs avec moi. Il affirme qu'il pourrait ranger tout son équipement de hockey dans mon sac. Très comique. Moi, je l'aime, mon sac. C'est un fourre-tout génial avec plein de pochettes que j'ai confectionné moi-même…! Théo ne manque jamais une occasion de souligner également que le contenu de mon sac me permettrait de tenir deux semaines dans le désert: une bouteille d'eau, des mouchoirs, des cahiers de notes (au moins deux au cas où j'en perdrais un), des crayons (au moins six), des fruits séchés, des barres tendres, du baume à lèvres (un au kiwi — c'est mon classique — et un en bâton quand je suis pressée et que je n'ai pas envie de me beurrer les doigts !), une calculatrice (quand j'achète du tissu, c'est pratique pour faire mes calculs), mes clés, mon portefeuille, un album photo (petit quand même), des élastiques, des pinces, une brosse, une minibrosse à dents (pas besoin d'apporter de dentifrice, il y a un petit tube caché à l'intérieur de la brosse !), trois serviettes hygiéniques (je ne suis pas encore menstruée de façon régulière, alors on ne sait jamais quand le déluge pourrait débuter) et un livre (j'aime pas être prise quelque part à attendre sans avoir quelque chose à faire !). C'est trois fois rien...

— À propos de hockey, tu as eu des nouvelles de Lucas ?

— J'ai appelé mon entraîneur ce matin. Il s'est fait opérer pour sa cheville et sa jambe. Il va être dans le plâtre pendant un bout. Il devrait sortir de l'hôpital mercredi.

— Et comment il prend cela ?

— Mal. Très mal.

— Pourquoi tu dis cela, Théo ? Tu n'aimes plus le hockey ?

— Oui, mais j'aime d'autres choses.

— Comme ?

— Toi !

Je ne sais plus quoi dire. Moi qui me retiens pour ne pas être toujours avec lui. Et voilà qu'il me dit qu'il sent la même chose que moi. Le pire est que cette révélation me fait paniquer. Vraiment. Je veux un équilibre entre lui, les filles et ma bulle à moi. Je ne veux pas qu'il lâche le hockey pour moi.

— Tu ne lâcheras pas, tout de même, lui dis-je d'un ton assez catastrophé.

— Ben non ! Mais je vais y penser l'an prochain. T'as pas l'air d'être contente que je veuille passer du temps avec toi.

— Oui… non… Théo, tu le sais bien. On ne brûle pas d'étape…

Comme réponse, il me fait son sourire rayonnant au coin des yeux. Ouf !

Lorsque nous arrivons au centre commercial, Théo se précipite sur le plan pour trouver au plus vite le magasin de lingerie. Sans faire ni une ni deux, il choisit un joli pyjama. Je dis joli, car personnellement, je le trouve limite moche. Vert menthe avec des pois jaunes. Sa mère va avoir l'air d'un coco de Pâques, selon moi, mais ce n'est pas mon problème. Il y en avait plein de rigolos avec des tasses de café, des Garfield et des rayés jumelés à une camisole picotée. Ma mère aurait adoré. Je dois me rendre à l'évidence ; elle est « flyée », alors que les autres sont « normales ». Mais je ne dis rien, car Théo a l'air satisfait. « Ma mère adore les pois », a-t-il déclaré.

Et puis, un pyjama me fait perdre la tête un instant. Pourtant, il ne révolutionne rien. Un grand t-shirt avec des leggings. Sur le t-shirt, on peut lire : « Ne pas déranger. En congé pour deux jours » comme si c'était écrit au crayon-feutre à la main. Je trouve l'idée originale. Théo a le temps de faire préparer un emballage-cadeau, de payer le tout et de revenir à l'entrée de la boutique, je n'ai même pas bougé. Je tiens encore un pan du t-shirt dans ma main droite. J'ai sûrement l'air d'être perdue dans mes pensées, car Théo me dit :

— Frédérique ? Frédérique ? Youuuhouuu ? T'es rendue plus loin que la lune là…

— Excuse-moi. Je ne sais pas pourquoi, mais ce pyjama m'a accrochée. Il fallait que je le voie de plus proche…

— Ben tu l'as vu, là. Allez, on s'en va !

— Déjà ? On n'a même pas fait le tour.

— Ouin, pis ? Ah, dis-moi pas que tu veux passer ta journée ici ? J'avais pensé qu'on pourrait arrêter au Café Crème pour manger une crème glacée. Leur section crémerie vient de rouvrir ses portes.

— Oh oh oh ! Parfait pour moi cela ! Je reviendrai magasiner une autre fois avec Rosalie. Ça va lui changer les idées.

— Je pense que tu vas avoir besoin de plusieurs séances de magasinage. Rien n'est facile avec Mademoiselle-la-future-actrice.

— Arrête donc ! C'est quand même un peu grâce à elle si tu as la chance de m'avoir à tes côtés.

Ah ha ! J'ai réussi à avoir le dernier mot ! Théo s'incline et me lance un autre magnifique sourire.

Même si je me gèle les doigts en tenant le cornet, c'est délicieux. Et c'est une fois assise là, les fesses au froid (encore !), que j'ai l'idée du siècle. Je mets mon cornet dans les mains de Théo pour fouiller dans mon sac. Urgent besoin d'un cahier (pas les deux !) et d'un crayon (pas les six, mais de préférence le vert. J'aime écrire mes bonnes idées en vert. On dirait que ça les fait pousser plus vite. Mais cela, c'est probablement juste dans ma tête !). Hourra ! Je tombe pile sur mes deux instruments de création.

— Je le sais… Je le sais… Je le sais !

Je répète cela comme un mantra.

— Tu sais quoi ? questionne Théo, légèrement impatient.

— Ce qu'on va faire pour Lucas !

Je ferme les yeux deux minutes et j'agite nerveusement les bras pour faire signe à Théo de se taire. Je gribouille en vitesse un croquis dans mon cahier. Puis, pppppppppppffffffffft ! Un grand soupir de satisfaction !

— Voilà ce qu'on va faire !

— Ben, Fred ! T'as dessiné le pyjama. On ne va pas donner ce pyjama-là à Lucas, certain. Il va nous étriper, c'est sûr. Et probablement que fâché comme il est, il va le déchirer. Lui, il ne sera pas en « congé », il est en congé forcé et ça ne lui plaît pas pantoute !

— Maiiiiiiiiiiiiis noooon ! On va s'inspirer du pyjama, mais on va lui créer un t-shirt décoré de tous nos mots d'encouragement. Vite, faut absolument retourner au centre commercial pour trouver un t-shirt uni et des crayons pour tissu pour fabriquer son cadeau. Allez ! Dépêche-toi de finir ton cornet. On ne peut pas attendre à demain...

— C'est ton cor...

— Jette-le ! Mange-le ! Fais ce que tu veux avec, mais vite ! Ça va être g é n i a l ! Tu ne trouves pas ?

— Sérieux, c'est une idée super !, mais retourner au centre commercial... pouah ! On ne pourrait pas y aller demain ? On pourrait louer un film, quelque chose.

— Non, tout de suite. Franchement, Théo ! Promis, on ne prend que ces deux choses-là et on revient. Go !

Dans le stationnement, on croise Emma et Charles-Éric, bras dessus bras dessous. En nous voyant, Emma lâche Charles-Éric. Les deux gars jasent « hockey » tandis que je mets Emma au courant de mon idée de génie. Emma me donne aussi une leçon de mensonge 101.

— Ouhhh, les amoureux secrets !

— Arrête, Frédérique, justement j'ai dit à ma mère que j'étais avec toi.

— Tu devrais peut-être te trouver une autre excuse, non ?

— On ne fait rien de mal ! On vient faire nos devoirs, en plus !

— Justement…

— Tu ne vas pas te mettre de son côté ?

— Ben non ! Ben non ! OK, j'ai compris. Mais il me semble que c'est compliqué.

Au centre commercial, on court finalement trois boutiques. Quand même un record pour moi. Une pour les t-shirts (j'en ai pris deux juste au cas où ! C'était deux pour 15 $!). Une pour les crayons à tissu (15 $ pour un ensemble de cinq crayons. Ce sera plus beau avec tout plein de couleurs!). Une autre pour trouver un savon anti-boutons pour Rosalie (12 $, ce n'est pas donné, mais je sais que c'est le cadeau qui fera vraiment plaisir à Rosalie!). Ma paye de vendredi soir est complètement envolée. Une chance que Théo est là pour éponger les dépenses avec moi. On va demander 1 $ pour les signatures pour contribuer à payer le cadeau. Et puis, un t-shirt, c'est mieux qu'une boîte de chocolats!

— On pourrait passer tout de suite par la Maison des jeunes, propose Théo. On laissera un mot sur le babillard. Pas de crainte que Lucas le voie, il ne viendra pas pour un bout.

Ha! Ha! Il retrouve son entrain. Mieux, il semble vendu à mon projet. En me regardant examiner chaque marqueur à tissu tantôt, il m'a dit un truc qui m'a chatouillée par en dedans. « Il n'y a que toi pour penser à une chose comme celle-là. Vraiment, on n'aurait pas pu lui trouver un meilleur cadeau. » Il a ensuite pris mon visage entre ses deux grandes mains (un peu rugueuses!) pour m'embrasser longuement. Là, en plein milieu des étalages de tissus, patrons, ciseaux et épingles. J'étais tellement retournée que j'ai échappé les marqueurs que j'avais dans les mains.

Sérieux, quand Théo trouve mes idées géniales, ma vie est juste plus parfaite!

En direction de la Maison des jeunes, je commence à sentir la fatigue dans mes mollets. Mine de rien, on a trotté toute la journée. Je ne vais quand même pas me plaindre. J'ai ma main dans la poche arrière du jean de Théo et lui fait la même chose avec moi. Aucun courant d'air ne réussirait à s'infiltrer entre nos deux corps collés. Je n'ai vraiment pas de quoi me lamenter. Noonnn !

En moins de 15 minutes, on laisse nos « traces » à la Maison des jeunes. Je crée une affiche ultra-colorée pendant que Théo écrit un message sur le grand babillard. Deux annonces ne seront pas de trop. On reviendra demain entre 13 h et 16 h pour recueillir le plus grand nombre de signatures.

— Lucas va capoter !

Théo se frotte les mains, apparemment réjoui, et moi, j'ai hâte d'appeler Zoé et Rosalie pour les mettre au courant de notre plan.

— Tu sais, Fred, on est tous chanceux de t'avoir dans nos vies. C'est toi qui as toutes les idées. Toutes les bonnes, en tout cas.

— T'es fin. Merci. Mais moi, j'aime faire des trucs comme cela. Autrement, je... m'ennuie ? Tu le sais, Théo ?

— Je t'aime, Frédérique.

— Moi aussi, je t'aime, Théo.

— Tu peux rentrer, Théo. Je pense que ma mère est sortie souper à l'extérieur. On pourrait regarder un film. Je suis morte… On peut se faire réchauffer quelque chose.

— OK…

— T'as pas l'air super enchanté ?

— Non, non ! Mais il y a une partie de hockey à la télé ce soir et habituellement, je la regarde avec Lucas ou Olivier. Mais là, c'est sûr que Lucas ne sera pas là, hein ?

— Je suis comme un bouche-trou, moi là ?

— Ben non, Fred ! Mais toi aussi, des fois, tu les aimes, tes amies… non ?

Un point pour Théo. Maman m'a laissé des sous pour me faire livrer un souper. On commande un club sandwich. Elle m'a aussi laissé deux notes. « Rosalie a appelé » et « Emma fait dire qu'elle est chez Zoé, tu devrais comprendre. (Mais moi, ta mère, j'espère ne pas comprendre ce que je comprends!). »

— Hum! Ta mère n'est pas dupe, je crois! me dit Théo en lisant par-dessus mon épaule et en déposant des petits becs dans mon cou.

— Ç'a bien l'air que non! Je ne sais pas quoi faire! Emma ne peut pas continuer à mentir comme cela. Mais d'un côté, sa mère exagère pas mal. Elle ne lui fait pas du tout confiance.

— Tu veux rappeler Rosalie? Je vais aller chercher un film chez moi et avertir mes parents en même temps.

— Dac!

Quand Théo revient, je n'ai même pas encore dit un mot. Rosalie vide son sac sur Sylvain, sa mère et Pierre-Hugues. Et ses boutons. Ses huit boutons. Des p'tits nouveaux!

— Rosie, mon lunch va arriver bientôt. Il faut que je t'explique...

— ...

— Rosie ! ! Ça sonne. Regarde !
Demain, viens me rejoindre à midi et
réserve tout ton après-midi.

— …

— Pourquoi midi ? Rosalie, j'ai mar-
ché toute la journée, je vais vouloir
prendre un bain, finir mon devoir de
maths pour être libre ensuite. OK ? Fie-
toi à moi ! Ça va être cool.

Pendant que je paye le livreur, Théo
fait son drôle.

— J'aurais dû habiter plus loin,
Rosalie aurait pu parler plus longtemps…

— Ah Théo, arrête. Elle pense que
Sylvain et sa mère « manigancent »
quelque chose. Pire, elle suspecte que
les filles de Sylvain vont venir habiter
avec eux. Pour toujours ! Mais je suis
sûre qu'elle exagère. Elles viennent peut-
être juste pour la semaine de relâche.
Elle a le drame facile, tu le sais, je le sais
et elle le sait ! Je vais tenter, demain, de
lui remonter le moral.

— J'ai rapporté *Espèces uniques*. C'est le film de suspens que tu voulais voir la semaine passée.

— Parfait ! Viens, on va manger.

Finalement, après avoir mangé, je me blottis immédiatement dans les bras de Théo à travers mes dizaines de coussins et de doudous sur mon divan rose. Je pense que mon divan n'a jamais été aussi confortable. Sérieux ! Quand je me réveille…, on est au beau milieu de la nuit. Théo a disparu. Il a collé une note sur l'écran de la télé.

Il était bon le film, hein ? Bonne nuit ! On se rencontre demain à 13 h à la Maison des jeunes. Il faut que je te parle.
Théo
Xxx

Son message m'a complètement réveillée. Il y a un sous-entendu. Sérieux ! Je ne suis pas folle ? J'ai lu douze mille

paragraphes silencieux et invisibles dans
« il faut que je te parle ». Mais je reprends
vite mes esprits. Je repense à son aveu à
propos du hockey et du fait que je suis
maintenant une partie de sa vie.
J'imagine qu'il veut lâcher le hockey,
mais je vais lui faire changer d'idée. On
va jusqu'au bout. Je vais lui dire. C'était
toujours lui qui me répétait cela quand
on faisait des projets fous pour l'école.
Jusqu'au bout… Quand on a fait le projet de récupération extrême, il m'a traî-
née au centre de recyclage et j'ai trié le
contenu de dizaine de bacs, même si
c'était parfois ultra-dégoûtant. Je ne
regarde plus mon bac bleu de la même
façon depuis. Mais il fallait « aller jusqu'au bout » pour vivre l'expérience…
Vivre l'expérience, je veux bien. Mais
toucher de vieux kleenex, même avec
des gants, ou extirper des boîtes de
conserve d'où dégouline un liquide brun
et visqueux, j'ai trouvé que je la vivais

bien assez, « l'expérience ». Je me suis prêtée au jeu ; il est mieux de faire pareil. Jusqu'au bout…

4

J'ai tout juste le temps de faire mon devoir de géo et de finir celui de maths, de prendre mon bain, de laver et sécher mes cheveux, de mettre Zoé au courant de notre plan et d'appeler Emma (« Emma est en punition. Elle te rappellera ce soir. Peut-être. Au revoir. » La réponse de sa mère m'indique qu'elle a surpris Emma en pleine cachotterie !) avant que Rosalie arrive.

— Rosie, tu vas voir, mon idée est trop top ! Sérieux, tu vas capoter. On a acheté deux t-shirts unis et des crayons pour que tout le monde signe dessus. On va pouvoir faire des dessins ou écrire un message. Génial, non ?

— Humm, humm…

— Rosaliiiiiie ? Qu'est-ce qui ne va pas ?

— Tu veux un résumé ? Voilà ! La manigance de ma mère, le complot dirigé par Sylvain, les petites pestes, mes

12 000 boutons qui germent sur ma face, Pierre-Hugues et mon devoir de géo qui traîne encore au fond de mon sac d'école.

— OK! Rosalie. L'escouade « sourire » est en marche! D'abord, j'ai un petit cadeau pour toi.

Je lui flanque le tube de crème miracle entre les mains. Je lui aurais donné la lune qu'elle n'aurait pas été plus contente. Pour Rosalie, le bonheur se cache dans des petits pots. Reste à lui apprendre que des petits bonheurs se cachent partout dans sa vie. Elle a bien besoin d'avoir des sourires dans les yeux. Ou une activité qui lui occuperait tellement l'esprit qu'elle ne penserait plus à ses petits bobos. C'est souvent ma solution. Peut-être pas la meilleure. Mais elle fonctionne pour moi. Je chasse mes soucis en ayant plein d'idées en tête.

— Ohhhhhhhh, t'es fine, s'exclame Rosalie. Ma mère m'a promis il y a bien quatre jours d'aller à la pharmacie, mais évidemment, on n'y est pas allées.

Aujourd'hui, elle est partie voir une pièce de théâtre ridicule avec les deux monstres à lulus !

— Cocotte ! Mon amie d'amour, j'aimerais bien pouvoir t'arracher à tes peines. On va penser à ce qu'on pourrait bien faire.

— En plus, la semaine de relâche approche. Faudrait pas s'ennuyer tous les jours. Mais toi, tu as Théo…

Je sens une pointe de jalousie. Et de tristesse, aussi.

— Je vais tout faire pour passer du temps avec toi et avec lui. Et les deux ensemble.

— Je pense que Théo me trouve un peu… étouffante lui aussi.

Tout en fourrant les t-shirts et les marqueurs dans mon sac (ma poche de hockey !), mon carnet de notes et mes crayons ordinaires, je rassure ma copine.

— Non, Rosalie. Théo aurait même dit oui hier pour que tu viennes magasiner avec nous.

— Je gage que tu lui avais brossé tout un portrait de moi qui fait pitié pour qu'il dise cela.

— Rosalie, je ne veux ni te perdre, ni le perdre. Il m'a dit qu'il aimerait passer du temps avec moi et qu'il songeait même à lâcher le hockey. Moi, le hockey, ça ne me fait rien. Pendant qu'il joue, je peux vous voir sans avoir à choisir. C'est déjà cela ! Et je pense qu'on peut être toute la gang ensemble sans problème. C'est juste qu'une fois qu'on a joué au billard, au baby-foot et qu'on a écouté trois CD de musique, on ne sait plus quoi faire.

— Peut-être, mais je n'ai pas envie de faire pitié et d'être celle qu'on invite par dépit…

— Tu seras toujours ma « best », Rosalie, arrête.

— OK OK OK ! J'ai compris. Je mets un petit sourire pour inciter tous les amis de Lucas à signer et promets-moi que cette semaine, on pense à une activité spéciale pour la relâche… parce que je ne la passe pas à garder les petites terreurs, c'est certain ! ! !

Je lui fais un clin d'œil complice et on sort en vitesse. Il est 12 h 55. On a failli être en retard. Bof ! Le rapiéçage du cœur de mon amie était un cas d'urgence. D'extrême urgence ! Et il n'y aura tout de même pas une foule qui va nous attendre !

On court jusqu'à la Maison des jeunes, main dans la main, comme on le faisait quand on était petites et qu'on allait au parc. Nos cheveux roux et blonds se mêlent dans le vent. Même si le monde paraît sombre à travers les yeux de Rosalie et que la météo ne nous gâte pas aujourd'hui, mon petit doigt me dit que ça va aller. L'intuition, peut-être.

En tout cas, mon intuition est dans les patates pour une chose. On a vraiment de la difficulté à entrer dans la Maison des jeunes.

— On pousse à 3, OK Rosie ? 1… 2…3 !

Bang ! On rentre dans le dos de Simon et Thomas, deux coéquipiers de Lucas. Rosalie et moi restons un peu figées : une file d'au moins 25 jeunes se tortille devant nous. Au bout, j'aperçois Théo, seul devant une petite table avec les affiches que j'ai faites hier. Oups… Mon intuition (ou mon regard) me dit qu'il n'est pas hyper content. Je m'approche quand même pour l'embrasser, mais il joue l'indépendant et tourne sa tête pour esquiver mon baiser. Je ne sais pas si je dois être fâchée, triste ou coupable.

— Mais qu'est-ce que vous faisiez ? nous lance-t-il.

— On arrivait, là !

— Vous êtes presque 15 minutes en retard…

— Tu m'avais dit 13 h aussi ? Comment voulais-tu que je sache qu'il y aurait autant de gens ?

— J'avais l'air un peu cave à leur dire « non, c'est juste que je n'ai pas les t shirts »…

— C'est pas juste l'effet du babillard, cela ?

— Entre autres, mais j'ai aussi appelé tous les gars de l'équipe qui eux ont appelé les autres amis de Lucas. Zoé a fait le tour de sa classe. Vive le téléphone ! Vive Internet !

— J'ai compriiiis ! Tout le matériel est là. On commence.

— Allez, un à la fois. Cinq minutes maximum, sinon on va y passer la nuit. Vous pouvez vous séparer en deux files. On a deux t-shirts et quatre crayons.

Rosalie a pris les choses en main. Être le chef et diriger, ça va lui changer les idées ! Parfait. Mais c'est moi qui commence à broyer du noir à présent. Clairement, Théo est de mauvais poil. Et il l'était hier quand il m'a laissé son petit message expéditif et dénué de sentiments. Hum ! J'aurais dû m'en douter. Théo est un peu intransigeant. Tout doit être fait selon l'ordre établi. On ne déroge pas au plan. Moi, je ne suis pas comme cela. Je suis un peu plus brouillonne. Je me laisse porter par... mes nouvelles idées ou mon cœur. Je ne suis peut-être pas assez rigoureuse, mais lui, il est trop rigide. Je le sais, j'ai fait au moins 15 travaux scolaires avec lui. Pas de problème quand on cherche des idées, mais une fois qu'on a fixé notre choix, niet. Plus moyen de changer. On doit faire ce qui a été convenu. C'est très difficile de le faire changer d'idée. Déjà à l'époque, on se chicanait sur ce point. J'imagine que ça ne changera pas maintenant.

À la fin de la journée, nos deux t-shirts sont presque remplis. On a gardé les manches pour ceux qui n'ont pas pu venir aujourd'hui et aussi pour quelques professeurs. Puisque Théo a un entraînement de hockey ce soir, il apportera nos t-shirts-cartes-de-prompt-rétablissement pour que son entraîneur y laisse sa trace aussi.

Étrangement, Rosalie et Théo se sont super bien entendus toute la journée. J'imagine que c'était une façon pour Théo de me faire comprendre quelque chose. Peut-être. Peut-être pas non plus. Mon intuition cherche des signes où il n'y en a pas. Et c'est grâce aussi à Rosalie, j'en suis certaine, si Théo vient me dire qu'il y est allé un peu fort tantôt.

— Désolé, j'ai paniqué quand j'ai vu tout ce monde qui attendait après nous… Je n'aime pas faire attendre les autres, tu le sais.

— Moi aussi, je m'excuse. Je n'ai pas vu le temps passer ce midi. C'est tout ! Je suis comme cela aussi, la tête dans la lune et les étoiles… Dis-moi, de quoi tu voulais me parler aussi ?

— Ah, euh… on s'en reparlera tantôt. Je vais aller donner un coup de main à Rosalie pour ranger.

En regardant Théo s'éloigner au bout du couloir, je sens qu'il me fuit. Il retarde le moment qu'on se parle. Zoé vient me rejoindre au babillard alors que je suis encore perdue dans mes pensées.

— Woooow! C'est tellement beau! Sérieux, Lucas va être tellement content. Hier quand je l'ai vu, il était plutôt ultra-grognon! Tout l'énervait. Tout lui faisait mal. Je ne suis pas restée longtemps. Aujourd'hui, c'était déjà mieux. Je lui ai apporté des DVD d'une série de science-fiction. Il était super content. Il a compris qu'il devra se contenter de regarder l'action et ne pas être dedans.

— C'est vrai, Zoé, tu penses qu'il va aimer?

— Je pense qu'il a peur de ne plus faire partie de ses «gangs» en ne pouvant plus bouger comme avant. Il va voir que ses amis tiennent à lui plus que pour les buts au hockey, ses performances à la course, en ski, en skate, etc.

— J'en connais une qui devrait penser un peu comme cela aussi, lui dis-je en faisant un petit coup de tête en direction de Rosalie.

Comme réponse, Zoé hoche la tête en faisant virevolter sa longue queue de cheval dans son dos.

— Je dois partir, Fred, lance-t-elle. On se voit demain à l'école. J'ai un souper chez ma tante. Rosalie, tu veux que je te ramène, mes parents vont arriver dans deux minutes?

Rosalie abandonne Théo qui jase avec ses coéquipiers de hockey. Elle me lance un bisou avec sa main et disparaît avec Zoé. Exténuée, je m'écrase sur un banc. Bientôt 17 h. Enfin. Il ne reste plus personne. On n'a pas chômé, en tout cas! Chaque personne qui entrait à la Maison des jeunes et qui apprenait l'accident de

Lucas voulait venir lui écrire un mot. Après chaque cours — karaté, guitare, danse hip-hop et danse contemporaine — et à la fin de toutes les activités — basket, scrapbooking et photos —, l'affluence reprenait. Là, la fatigue d'hier, nos courses folles et la frénésie de la journée me tombent dessus. Par chance, ce soir, c'est mon souper en tête à tête avec maman. J'ai hâte de sauter dans mon pyjama.

J'ai le goût de partir. C'est bête! Je repousse le moment de parler à Théo. Je sens que quelque chose cloche. Un problème va apparaître. Comme un bouton sur le front de Rosalie. Mais il m'a vue et me fait signe de l'attendre. Alors, je reste clouée sur mon banc. À réfléchir. Ma machine à idées prend de la vitesse. Je pense trop. Ça sent le chauffé!

Des fois, je trouve qu'on se cherche un peu, Théo et moi. C'est vrai. Même si on a une longueur d'avance par rapport à Zoé et Lucas ou Emma et Charles-Éric, on dirait que ce n'est pas plus facile maintenant qu'on est passés d'amis à amoureux. On se connaissait déjà beaucoup. Beaucoup trop, peut-être ? Plus ça va, plus j'ai envie de passer du temps avec lui.

Théo me devine tellement que ça me fait peur. D'un coup d'œil, il comprend que j'ai un souci. Si je me passe la main gauche dans mes cheveux et enroule une couette sur mon index, c'est que je suis en train de penser à un projet. Si mes yeux tournent au gris plutôt qu'au bleu, je fais face à un problème. Quand je tortille discrètement un bout de ma manche (ou de mon foulard ou de mon chandail), il n'y a pas de doute, j'ai le goût de pleurer. Plus je le tords, plus je m'efforce de retenir mes larmes. Sérieux, c'est fou ! On dirait que je suis un livre dans lequel il lit. En tout cas, s'il me lit maintenant, il doit voir que je suis bien embêtée.

Mais moi, de mon côté, je ne le devine pas. Sérieux, pas du tout ! La preuve : j'ignore si ce qu'il veut me dire est positif ou négatif...

— T'as les yeux gris, Frédérique... Perdus complètement dans la brume. Qu'est-ce qui se passe ?

Effectivement, je sors de la lune. Je n'ai pas entendu Théo approcher. Pas du tout. Perdue dans ma bulle. Complètement.

— C'est plutôt à toi de m'aider. Qu'est-ce que tu as à me dire ? Je suis étouffante ? Tu veux casser ?

— VOYONS ! Frédérique ! C'est pas cela du tout. C'est...

— C'est quoi ? Quoi ?

— Je n'ai pas réussi à te le dire hier, mais pendant la semaine de relâche, je pars chez mes cousins. Comme chaque année. Pour tout te dire, cette année, j'ai hésité. Ça ne me tentait pas beaucoup d'y aller. Avant, il n'y avait pas toi, ni la gang, ni même la Maison des jeunes. Mais mes cousins et ma cousine, je ne les vois pas super souvent non plus. Et ça se peut que mon cousin et moi, on fasse un minicamp de hockey !

— Ah ! Mais tu disais que tu voulais passer plus de temps avec moi… T'as vite changé d'idée.

— J'ai pas changé d'idée. Mais mes parents ont loué un chalet. C'est spécial aussi. Et c'est toi aussi qui disais qu'il ne fallait pas non plus tout changer. Tu comprends ?

— C'est vrai, mais c'est plate quand même.

— T'es triste ?

— Ben, je ne sauterai pas de joie, mais je n'en mourrai pas. Ce sera une semaine de relâche… comme avant.

— Comme avant ?

— Ben, comme avant toi et moi. Bref, toute seule à la maison avec Rosalie.

Ma mère a décroché un contrat, elle ne peut pas prendre congé.

Théo me tend la main.

— Viens ! On s'en va. J'ai mon entraînement…

— Oui oui ! J'arrive.

J'empoigne mon sac et mets ma main dans la sienne. J'aurais aimé faire mon indépendante, mais je ne suis pas capable. Fiou ! Son message n'était pas « Je ne t'aime plus ! ». Mais c'est toute une douche froide quand même !

Moi qui pensais que cette semaine de relâche serait la première vraiment intéressante. Je me surprends à penser que même passer la journée à écouter des films, de la musique ou à jouer au hockey sur table aurait été parfait ! J'aurais peut-être été capable d'aller le voir au hockey ! Parce que Théo aurait été là. Je tortille un bout de mon foulard mauve étoilé. J'ai le goût de pleurer, mais je me mords un peu la lèvre pour me retenir. Je me raisonne intérieurement pendant que Théo parle sans que je l'écoute vraiment. Même son baiser d'au revoir déposé avec toute la douceur du monde, avec ses lèvres chaudes et légèrement tremblotantes, n'a pas réussi à me sortir de ma torpeur. Mes yeux sont restés gris souris. Pleins de brume.

Lorsque j'arrive à la maison, ma mère m'attend pour notre soirée à deux. Je lui raconte tout : mes questions sur ma vie amoureuse et mes amies, le cadeau pour Lucas, la semaine de relâche qui s'annonce plate à mourir et les déboires de Rosalie. Maman m'écoute. Puis elle me demande de faire la même chose, car elle a aussi des choses à me dire !

1) Elle ne veut plus couvrir les manigances d'Emma. « Il faut qu'elle trouve une solution. Elle-même ! Qu'elle prouve à sa mère qu'elle est capable de conjuguer

études, cours, amies et amoureux. Et nous, on n'a pas à servir de béquille, car un jour ou l'autre, elle va tomber et se faire bien mal. C'est fini, Frédérique, je ne la couvre plus. Et pire, si je t'entends la couvrir, je dévoile vos secrets. Tu te débrouilleras avec tes menteries. »

2) Selon elle, tout est possible. Il n'y a pas qu'un modèle d'amour, pas qu'un seul modèle d'amitié, et aucune combinaison ne doit être écartée quand on veut unir les deux. Il suffit de trouver le dosage idéal. Il n'y a rien de mal à exiger beaucoup de tout le monde. Ça pousse chacun à donner son maximum. Mais il faut faire attention à ne pas être déçue. C'est le risque !

Disons que cette fois-ci, ses théories m'embrouillent plus qu'elles ne m'éclairent. Le téléphone vient me sauver. C'est ce que je crois avant de décrocher, en fait.

C'est Emma. Outch ! Je descends dans ma chambre pour lui parler tranquille. Sa mère a découvert le mensonge : elles sont tombées nez à nez au Café Crème. J'imagine la scène qu'elle a faite. Il paraît que même s'ils étaient assis sagement à faire leurs devoirs (c'était donc vrai!), même s'ils ne se touchaient pas et qu'ils ne s'embrassaient même pas, sa mère a mis tous les livres et cahiers d'Emma dans son sac et l'a ramenée à la maison. Un peu extrême! J'avoue à Emma que j'ai aussi eu droit à un sermon sur la vérité 101. Nos mères se sont-elles parlé? Qui sait? C'est possible. Sérieux? Ça ne me surprendrait pas. Ma mère avait un air louche. Emma est privée de sortie pour la semaine. Et pour la semaine de relâche, sa mère n'a pas encore statué. Oh! Tout cela n'annonce rien de bon!

Je lui parle de Théo et de son escapade au chalet. « C'est Charles-Éric qui devrait partir, ce serait plus simple », soupire-t-elle. Un jour à la fois, se dit-on finalement. On trouvera un moyen de montrer à sa mère qu'un amoureux, ce n'est ni dangereux ni catastrophique...

En raccrochant, étendue sur mon divan rose, le bras gauche ramené sous mon cou, je scrute le plafond comme pour déchiffrer un code secret. Je prends mon cahier de dessin et j'inscris six phrases :

- Mon cœur perd la mémoire.
- Faites-moi confiance.
- Écoutez-moi.
- Où suis-je ?
- Je suis tout ! Je veux tout !
- Ne partez pas sans moi…

Je dessine des arabesques tout autour. J'ajoute des cœurs, des étoiles, des feuilles, des fleurs, etc. Je me dis que je pourrais faire un chandail pour chacune de mes amies. Chacune porterait un message qui les représenterait.

Du coup, je me sens fouettée. Animée à nouveau par un élan de créativité. Comme les arbres qui sentent la sève (probablement, car je n'en sais rien au fait !) remonter dans leurs branches engourdies par l'hiver trop long, je sens qu'un influx nouveau réchauffe tout mon corps.

La sonnerie du téléphone (encore !) me refroidit. Rosalie. Elle avait raison de renifler les problèmes. Sa mère vient de lui annoncer que les filles de Sylvain passeront la semaine de relâche avec eux. « Un essai », a-t-elle ajouté. « C'est un essai pour une future famille recomposée, c'est certain ! Je n'en veux pas… Je voudrais que Sylvain et ses chipies disparaissent ! » se lamente Rosalie. Quand je lui dis que Théo ne sera pas là de la semaine, ça semble la soulager. Un peu. Elle pourra donc venir coucher à la maison une partie de la semaine. Au fond, moi aussi, ça fait mon bonheur. À deux, on ne s'ennuiera pas.

J'envoie un courriel à Théo. Il le lira probablement après le hockey.

Pas de soucis, Théo. Je sais que tantôt j'avais l'air dans ma bulle, bien loin de toi. Mais au fond, j'ai compris que même si tu pars une semaine, ce n'est pas si grave. On a tout le temps pour être ensemble aussi. Et j'ai une Rosalie qui aura grandement besoin de moi. On se voit demain dans l'autobus. J'ai eu un « flash » venu tout droit... de mon plafond. Il est inspirant, tu le savais ! ? À défaut de regarder le ciel et les étoiles avec toi (j'ai trop froid si tu n'es pas là !), mon plafond peut faire l'affaire !
Bisous. F. xxx

Puis, je reprends mes dessins pour finalement m'endormir sur mon divan.

5

Le soleil ne brille pas tellement fort ce matin, mais mon cœur est au chaud. J'ai retrouvé Théo dans l'autobus. J'aurais envie de passer toutes les minutes que je peux avec lui d'ici à la relâche, mais pas question que je devienne Fred-pot-de-colle non plus. Ce matin, j'aimerais quand même faire une entorse à mon habitude. J'aurais envie de son bras autour de mes épaules. J'aurais envie de sentir ses doigts me chatouiller douce-ment le cou. J'aurais envie de sa main dans mes cheveux. J'aurais envie de mettre mon nez au creux de son cou pour sentir son parfum.

Mais quand je m'assois près de lui (C'est déjà un début ! La première semaine qu'on sortait ensemble, on ne s'assoyait même pas dans le même banc tellement on était gênés !), je comprends à son baiser furtif posé sur ma tempe droite que les *minoucheries* d'amoureux seront pour une autre fois. On redevient alors les amis du temps passé. On parle, on se coupe, on jacasse, on discute avec tous les voisins de banc. C'est animé ! On est tous de bonne humeur ! Ça paraît que ça sent la semaine de relâche. La proximité des congés, ça chasse les babounes du lundi matin !

— Regarde, Fred, TOUS les gars de l'équipe ont signé. Trop cool ! Lucas va tomber par terre…

C'est vrai que c'est assez impression-nant. Les gars du hockey ont dessiné une patinoire miniature avec des mots tout autour de la bande. L'entraîneur a même fait une caricature de Lucas. Top ! Top ! Top !

— Tomber, ouin, dis-lui pas cela ce soir en tout cas ! Je ne suis pas sûre qu'il va aimer ton sens de l'humour… lui dis-je pour le taquiner.

— J'avoue que ce n'est pas fort! Dis-moi donc ce que tu as encore imaginé…

Je sors mon cahier de dessins. Théo trouve mes idées géniales! Selon lui, créer des t-shirts avec des messages pourrait remplacer les cartes qu'on se donne à nos fêtes. Je pourrais offrir cela à mes amies à leur anniversaire. Si je suis capable de me retenir… Ce dont je doute!

On rejoint Emma, Charles-Éric (tiens, Emma se croit en sécurité dans les murs de l'école!) et Rosalie dans la salle poly-valente. On s'installe à un îlot de tables où on va chaque matin. Il reste 10 minutes avant que la cloche sonne. Pierre-Hugues piétine autour de nous. Peu subtil.

— Je peux signer le t-shirt, moi aussi?

Théo sauve la situation.

— Oui, oui! Bien sûr! On ne savait pas si on devait t'appeler hier. Tiens, vas-y. Il reste un peu de place.

Sur le fait, Zoé arrive de son entraî-nement matinal de basket-ball.

— Mes parents vont venir nous chercher après les cours pour nous amener
à l'hôpital. Tout le monde vient ?

— Oui, tous. Sauf Pierre-Hugues,
répond Rosalie qui a retrouvé son aplomb.

— Euh, ouin, je … je ne peux pas.
Vous le saluerez pour moi !

— Sauf moi aussi. Interdiction formelle de sortir sous peine de passer dans
la moulinette de ma mère, déclare
Emma.

Je fais un clin d'œil à Rosalie. « Tiens-
toi ! Pierre-Hugues ! » Elle a bien fait de
ne pas lui laisser croire qu'elle se mor-
fond à longueur de journée. Même si
c'est ce qu'elle a fait de son week-end.

À 16 h 25, on est tous entassés dans
la voiture des parents de Zoé, nos trans-
porteurs officiels. Durant l'heure du
dîner, Rosalie, Emma, Zoé et moi
sommes allées dans le local d'arts pour
fabriquer rapidement un carton servant

à entourer les deux chandails. On y a inscrit : « On voulait laisser notre trace… sur toi ! » Je n'ai même pas parlé de mes futurs t-shirts. Théo va être surpris ! Les gars ont fait un emprunt spécial à la bibliothèque pour récupérer toutes les bandes dessinées que Lucas adore.

Le corridor où sont les chambres pour les enfants et les adolescents est artificiellement joyeux. Des affiches de clowns, de princesses et de personnages de télévision sont accrochées partout. C'est un peu bébé pour Lucas, mais c'est moins déprimant que les étages où sont les adultes. Rosalie, Zoé, Charles-Éric, Théo et moi passons devant une petite salle de jeux. Un petit garçon avec des cheveux qui repoussent timidement sort en nous voyant.

— Ahhh ! Vous êtes la troupe de théâtre ? Tu viens nous raconter une histoire ? me demande-t-il en plantant ses deux yeux dans les miens.

— Ohh… non, mon grand. Je vais voir un ami qui a eu un accident.

— C'est pas juste ! Mais c'est pour moi tous les livres, au moins ?

Ce petit garçon doit avoir trois ans maximum. Il est tout chétif et pâle. Mais ses grands yeux illuminent son visage cerné par la maladie.

— Je suis désolée. Ce sont des bandes dessinées pour mon ami Lucas.

— Ben c'est mouaaaaa, Lucas !

— Tu t'appelles Lucas ?

— Hummm hummm, répond-il fièrement.

Sa mère, assise dans une chaise berçante, me fait signe que oui. Quel hasard !

— Tu sais quoi, ces BD-là, tu ne les aimerais pas. Mais je pense que je pourrais peut-être trouver des livres pour toi. Tu seras là demain ?

— Oui, moi je reste ici encore longtemps. Le temps que mes chevaliers combattent les méchants virus.

— Dans ce cas, je vais revenir demain. Promis.

— OK. Je vais t'attendre. Hé, il est beau ton foulard avec plein d'étoiles… Wow !

Pendant qu'il passe sa petite main sur mon foulard, je lui caresse la joue. Toute douce.

En me relevant, j'ai les yeux dans l'eau. Moi, les enfants malades, ça me chavire. C'est tellement injuste. Pas qu'il y ait un âge pour être malade, mais quand même. Ce petit bonhomme a à peu près le même âge que les enfants que je garde. Demain, je vais essayer de trouver de vieux livres d'enfants, chez moi, et je vais télépho-ner les parents de mes p'tits mousses pour leur demander s'ils auraient des livres à donner. Je m'essuie les yeux avec le revers de ma main. Théo m'enlace ten-drement et je me précipite dans ses bras.

— Bon, ma Frédérique qui va repartir pour sauver tout le monde.

— Toujours, voyons ! C'est sa mission, tu le sais bien ! ajoute Rosalie.

— J'ai-tu entendu « ma Frédérique », moi là ? dit Zoé en faisant une drôle de mimique.

— Pourquoi tu dis cela ? demande Charles-Éric qui visiblement ne comprend pas l'allusion de Zoé. Moi, j'ai tout compris.

Soudainement, Théo paraît gêné. C'est déjà tellement rare qu'on se laisse aller devant les autres. Cette fois-ci, il aurait pu m'appeler « ma chérie » devant tous que ça ne m'aurait pas dérangée. Mon cœur frémissait trop. J'avais besoin de lui. Là tout de suite. Devant les autres ou pas, je m'en foutais. Il relâche finalement son étreinte pour me prendre simplement la main. Il laisse passer les autres devant nous et dépose un bec chaud sur ma main. Puis, en balayant une mèche qui se colle à mes larmes, il m'embrasse sur l'oreille. «Je vais t'aider. J'ai des tas de livres! Je t'aime… grand cœur sur deux pattes!» murmure-t-il. Le frisson que j'ai eu ne se décrit même pas. Électrisant.

Au même moment, un violent éclair de génie me traverse l'esprit. VIOLENT.

On reste environ une heure dans la chambre de Lucas. On parle de tout et de rien. Zoé se blottit près de lui sur son lit et ne bouge plus de là. Lucas n'arrête pas de flatter la main, les cheveux, la cuisse, alouette de Zoé. Deux vrais tourtereaux hyper amoureux! Moi, je me sens à mille lieues de Théo. Même s'il est juste à côté de moi. Ma tête est ailleurs. Tellement loin.

Quand on sort de la chambre, j'étire ma tête dans chacune des chambres devant lesquelles on passe à la recherche du petit Lucas. Il doit dormir. Je n'ose quand même pas ouvrir les portes.

— Tu cherches le petit garçon, hein Frédérique ? C'est fou comme tu attires les enfants ! Moi, il n'est pas venu me voir.

— Zoé, tu étais pratiquement en train de courir vers la chambre de Lucas. Il ne t'a pas vue passer !

Elle rougit un peu.

— Tu as fini de scruter ma vie amoureuse. T'es jalouse ou quoi ?

Sa remarque n'est pas méchante. Mais elle me pique en plein cœur. C'est vrai : je suis jalouse d'elle et de Lucas ou quoi ? Pourquoi je les examine ainsi tout le temps ?

— Youhouu ! T'es encore dans la brume, Fred ! Je vais faire le prince charmant et te réveiller d'un baiser.

Je repousse Théo. Puis, je me sens bête. Presque instantanément.

— Qu'est-ce qu'il y a, Fred ?

— Je m'excuse. C'est juste que… rien… On se parlera juste nous deux, OK ? Demain. Plus tard. Ah ! Je pense que j'ai trop de brume dans la tête, c'est tout.

J'essaie de banaliser la situation pour que Théo ne soit pas offusqué. Ça ne marche qu'à demi. Parce que pour une fois, je lis un message dans les yeux de Théo. Et ça dit : « Explique-moi vite ! T'es bizarre ! »

J'ai menti. Je n'ai pas de la brume dans la tête. J'ai plein de roches qui empêchent ma vie de bien rouler.

Quand j'ai une idée qui pousse dans ma tête — comme maintenant ! —, je me gonfle une bulle autour de moi. On dirait que je veux être seule. Les autres, quels qu'ils soient — ma mère, Théo, Rosalie, n'importe qui —, deviennent des potentiels pilleurs de ma petite

pousse d'idée. J'ai peur qu'ils écra-
bouillent mon germe fragile.

Avant, je ne me rendais pas compte
que cette situation devait être désagréable
pour les autres. J'ai grandi toute seule
avec ma mère. C'était facile de m'isoler.
Je me faufilais dans ma chambre, je fer-
mais la porte et merci bonsoir, personne
ne me dérangeait. Mais là, ce n'est plus
pareil. Mes amies et mon chum ne com-
prennent pas ce « besoin ». Et je les comprends de ne pas comprendre. Je change
d'idée à la vitesse de l'éclair. Une minute,
tout est beau, j'aime être entourée de
plein de gens. La minute suivante, je
voudrais me retrouver sur une île déserte.
Une seconde, tout va bien. La suivante,
je suis déjà rendue ailleurs. Sur une autre
planète. Dans un autre recoin de mon
cœur. Je suis changeante. Mouvante. Je
suis une danse à deux temps. Je suis
noire, je suis blanche. Je suis le jour, je
suis la nuit. Je suis deux, jamais en même

temps. Mais tout à la fois. Méchant contrat d'être moi !

Ma balance personnelle est capricieuse. Difficile de trouver le « mixte » idéal. Peut-être qu'au lieu de déplacer de gros cailloux, je devrais en choisir des minuscules. Je pourrais mieux contrôler l'équilibre... Un tour de force pour moi, mais je pense que je dois bien cela à mes amies. Et à mon chum.

Je me sens à nouveau honteuse de mon comportement envers lui. Je me trouve injuste. Mais lui non plus n'est pas le plus fin. Il s'en va pour la semaine de relâche. Toute la semaine. À moins que ce soit parce que je suis une mauvaise blonde.

Ahhh ! Panique ! Sérieux ! Il faut que je lui parle. Tout de suite. Encore une de mes manies : je ne suis pas capable d'attendre au lendemain. Je ne peux pas l'appeler, il est passé 21 h. Un courriel ? J'espère qu'il va le lire avant demain.

J'espère qu'il va me répondre. À moins que je me rende chez lui et aille cogner à la fenêtre de sa chambre. Il dort au sous-sol, ce serait facile. J'exagère. On se calme, Fred ! On se calme ! Pas capaaaaaaable !

Et puis, plus je panique, plus mon idée grandit. Hein ? Elle carbure au stress, à l'urgence, à la panique ou quoi ??? Je sens que tout mon projet né dans le corridor de l'hôpital se met en place. Comme un immense puzzle. J'ai encore plus besoin de « parler » à Théo. J'ouvre mon ordinateur et mes doigts pianotent en attendant qu'Internet démarre. C'est ultra-long ! J'exagère un peu (beaucoup !), mais je sens que tout doit sortir de moi, maintenant ! Ce sont les trente secondes les plus longues ! On voit bien que je panique. C'est clair ! Et mon idée grossit toujours. La panique est un excellent engrais pour mes projets.

Théo… Je ne sais pas par quoi commencer. Désolée d'être une blonde incertaine. D'être une blonde indépendante. D'être une blonde pas très bonne en amour, ça, c'est clair. Bref, je ne sais pas trop pourquoi j'agis comme je l'ai fait tantôt. Là, présentement, je te dirais que je le prendrais volontiers, ce baiser du prince charmant, pour me sortir de la brume, pour me réveiller. En fait, non ! Je pense que tu me l'as envoyé il y a à peu près 10 minutes. Tout est devenu clair. J'ai compris à peu près 10 000 choses en même temps. Efficace, n'est-ce pas ?

Sérieux. Zoé m'a réveillée tantôt en me demandant si j'étais jalouse. La réponse : oui, je le suis. Je pense. Bon, tu vois, j'hésite encore. J'aurais besoin d'un autre baiser — et d'un immense câlin, pourquoi pas ? — pour m'aider. Je vais te l'écrire parce que je dois le dire là maintenant et que c'est le seul moyen. Mais je ne veux pas que tu penses que c'est parce que je n'ai pas le courage de t'en parler en face. Loin de là. J'ai même pensé à aller cogner à ta fenêtre pour te parler. Mais je ne peux pas me volatiliser devant ma mère et lui inventer toute une histoire. Alors, je t'écris.

Je pense que je suis un peu jalouse de Zoé parce qu'elle est capable de se laisser aller librement dans son amour pour Lucas. Moi, j'ai de la misère. Mais ce n'est pas que je ne t'aime pas. Si tu savais. Je pense que je t'ai toujours aimé. Depuis la maternelle, si ça se peut. Mais, là on est passés d'amis à amoureux et des fois, on se cherche. Tu ne trouves pas ? On hésite. On fait des faux pas. On trébuche. Parfois, mes réactions, ce sont mes réactions de moi-quand-j'étais-ton-amie-pas-ta-blonde. J'ai peur de tout gâcher. Je veux trouver l'équilibre. Et moi qui pensais que ce serait facile parce que toi et moi, on se connaît déjà. *Je pensais qu'on serait le couple idéal que tout le monde voudrait copier. Et voilà que c'est moi qui veux imiter Zoé. Je me croyais trop bonne, je pense. Bref, j'ai le goût d'être vraiment, vraiment ta blonde. Une vraie blonde. Mais, je sais que je n'y arriverai pas du jour au lendemain. Et pardonne-moi si je t'ai fait de la peine tantôt quand j'ai esquivé ton baiser.*

Deuxièmement, si j'étais dans la brume, c'est que j'avais une idée qui prenait toute la place dans mon cerveau. Bizarre à dire (et je te le dis quand même !), des fois, je « sens » que je vais avoir une idée qui va « exploser », mais je n'arrive pas à la saisir. Comme si elle prenait toute la place sans que je puisse rien faire pour l'en empêcher. En tout cas… Tout cela pour te dire que j'ai trouvé ce que je vais faire pendant que tu seras parti durant la semaine de relâche (en fait, je le ferais aussi même si tu étais là… ce serait même plus l'fun !). Et je vais avoir Rosalie, Zoé et même

Lucas pour m'aider. Je vais créer des t-shirts avec des messages ou des dessins originaux pour le petit Lucas. Pas pour qu'il les porte (quoique ça pourrait être une bonne idée aussi… qu'en penses-tu ?), mais je vais organiser une vente à la Maison des jeunes et l'argent ramassé servira à acheter des jouets, des livres et des cadeaux pour les enfants malades. On pourrait même faire un party à l'hôpital quand on ira leur donner. Finalement, ce n'est pas une petite pousse d'idée que j'ai eue ; c'est tout un arbre avec plein de branches ! Les dessins que j'ai faits pour les t-shirts des filles, finalement je vais les faire pour cette vente de t-shirts spéciale. Tu vois, mes idées s'enchaînent et s'emboîtent les unes dans les autres. Trop génial ! Qu'en penses-tu ?

Mon courriel doit t'étourdir. Comme j'aurais aimé t'en parler de vive voix. Faudrait se trouver un code pour s'appeler à des heures de fou. Je sais, je sais ! Il me faudrait une webcam pour l'ordi, mais on n'a pas convaincu ma mère l'autre soir, tu as vu. Elle a des idées bien arrêtées... À qui ça me fait penser, donc ? ? Ah oui, à moi ! Hihi !

Là, il me reste quatre jours pour ramasser des t-shirts à l'école. Pas question de prendre mes sous pour cela et on a tous au moins un chandail dont on peut se débarrasser. Il faut organiser cela demain sans faute. Vendredi, c'est congé en plus. Une journée consacrée à la Maison des jeunes. Faut s'occuper de la collecte des t-shirts, de l'organisation avec l'hôpital, etc. Tu vas m'aider ou tu me trouves complètement folle ? Je sais que mon cœur s'emballe dans plein de projets et tu trouves peut-être que je ne m'emballe pas assez pour toi, mais c'est moi... Tu me connais.

Je t'aime, Théo. Je t'aime tellement…
Bonne nuit !
Fred
Xxxxxxxx

P .S. Juste pour que tu le saches, mes yeux
ne sont pas gris du tout. Je ne tortillais
aucun bout de mes vêtements. Si tu veux
m'analyser, je tapais excessivement fort
sur toutes les touches du clavier. Un signe ?
Tu me le diras demain dans l'autobus…
Je te re-aime. Xxxx

Théo m'a répondu avec trois petits
mots.

« *Je t'aime* »

C'est suffisant pour que je dorme en
paix. J'ai quand même hâte de le voir
demain. Et de voir Rosalie, Zoé, Emma
et même les gars. Ces t-shirts vont
sauver notre semaine de relâche.

6

Quand je monte dans l'autobus, Théo m'accueille en m'ouvrant les bras. Devant tous. Et moi, je m'y précipite. On s'embrasse longuement. Devant tous, aussi. Je suis sur le plus beau des nuages. Je flotte dans les hautes sphères. Théo met ses grandes mains au creux de ma nuque pour presser avec plus de force encore ses lèvres contre les miennes. Puis, ses mains glissent dans mon dos et descendent jusqu'à mes reins. Là encore, une petite escale pour resserrer son étreinte. Je suis collée sur lui. Encore plantée dans l'allée centrale de l'autobus. Ses mains reprennent leur route et élisent domicile dans les poches de mon jean. Et comme le chauffeur nous crie de nous asseoir, Théo m'entraîne sur le banc. Je veux prononcer un mot, lui expliquer ce à quoi j'ai pensé durant la nuit pour le projet et lui exposer les étapes de l'organisation. Un vrai branle-bas de combat, selon moi. Il faut faire vite ! Mais il dépose son doigt un peu rugueux sur mes lèvres et me susurre : « Chuttt ! Donne-moi encore une chance de t'embrasser, car dès que tu auras dit un seul mot, ce sera foutu… tu n'arrêteras plus ! »

Je me mords un peu la lèvre inférieure, en baissant les yeux. Un sourire un peu gêné (parce qu'il a drôlement raison !) s'accroche sur mon visage. Tout en moi brûle. Mes idées. Mon cœur. Ma bouche. Théo m'embrasse à nouveau. Le feu ! Toutes mes craintes, mes hésitations, mes doutes et mes trois millions de questions fondent. Je suis là, avec Théo. Je suis bien. J'ai envie de l'embrasser. Devant tout le monde. Je m'en fous. Ce n'est plus grave. Je ne suis plus gênée. Je sais que c'est exactement ce que je veux faire à cet instant précis.

Je l'embrasse en laissant mes doigts parcourir le contour de son visage. Je sens de petits poils durs sur sa peau. Je trouve cela adorable. Et je mets mes mains dans ses cheveux un peu en broussaille. Quand il décolle ses lèvres des miennes, un choc électrique me secoue. Mes paupières clignent plusieurs fois. Je me réveille. Je me découvre.

— T'es tellement belle quand tes yeux deviennent des galaxies d'étoiles…

— Tu es un romantique fini !

— Je me découvre poète, on dirait !

On part à rire, parce que ce n'est ni son genre, ni le mien. Même qu'on se moque parfois des jeux de mots bêtes des amoureux autour de nous. Mais, les nôtres, ils sont délicieux. Ils sont à nous. Et entre Théo et moi, il n'y a pas d'étincelles. Il y a un millier d'étoiles. C'est encore mieux. Une étoile dure plus longtemps qu'une flammèche.

Comme Théo l'avait prévu, je parle tout le long jusqu'à l'école. Il m'écoute. Il est tout aussi excité que moi par mes idées. Il me donne de vieux livres pour enfants pas trop endommagés qu'il a trouvés chez lui. Toutefois, il m'avoue aussi qu'il est triste parce qu'il ne sera pas là pour m'aider la semaine prochaine.

— Mais, tu es là… là ! Et il faut lancer le commando pour ramasser les t-shirts. On rassemble la gang dans la salle étudiante pour leur annoncer la nouvelle.

Dix minutes avant le début des cours, mon projet est connu de tous. Emma, Zoé, Rosalie et Charles-Éric m'ont écoutée avec grand intérêt. Rosalie a proposé un minidéfilé. Pourquoi pas ? Tant qu'on ramasse les sous. D'autres élèves m'ont entendue aussi et ont promis d'apporter des t-shirts dès demain. Même Pierre-Hugues s'est approché, l'air un peu piteux, pour savoir de quoi il s'agissait. Durant mon cours de français, puisqu'il est le seul de la gang (enfin, je ne sais plus si je dois le compter ou pas…), je lui dirai qu'on accepterait bien son aide…

Le plan de match est établi, et la distribution des tâches aussi. Grosse journée.

- Message à la Radio étudiante : Rosalie
- Message sur le babillard de la Maison des jeunes : Zoé
- Lettre pour les élèves de l'école + signature du directeur : Emma
- Affiches pour l'école et la Maison des jeunes : Tous
- Réservation de la salle de la Maison des jeunes : Rosalie
- Annonce à l'hôpital de notre projet : Moi

Bilan à 16 h 30 sur le divan rose.

Il me faudrait un pouvoir magique, comme un bouton qui avance à la prochaine scène sur un DVD, pour que je puisse sauter toutes les heures de cours. Ça serait parfait ! Quand j'ai un projet en tête, rien d'autre ne m'intéresse. Je fais des efforts surhumains pour me concentrer durant les mathématiques. Au moins, quand mon cerveau doit réfléchir sur une équation compliquée, j'arrive à mettre un peu mes t-shirts de côté. Mais quand le professeur d'histoire parle pendant plus de 25 minutes, c'est trop. Je pars. Mentalement. Je suis ailleurs. Pendant son exposé sur les méthodes d'élection dans les différents pays, mes idées vagabondent dans tous les sens. Et au lieu de commencer l'exercice qui va se transformer en devoir, je griffonne au moins huit modèles de chandails et je note deux phrases. « C'est pas moi, c'est lui », avec une grosse flèche qui pointe vers la gauche. « Accroc à l'amour », au centre d'une série de cœurs concentriques. J'essaie de trouver un nom pour ma collection. « Tourbillon » (parce que c'est comme cela que je me sens…) ? « Court-circuit » (pour manches courtes, choc des idées, etc.) ? Rien ne me fait capoter. La cloche sonne et je ne suis pas plus avancée. J'ai un devoir sur le dos et aucun nom en tête.

Notre réunion se déroule. Tout va comme sur des roulettes. Ou presque. Emma n'a pas pu venir. Interdiction de sortie qui se poursuit. Mais, Charles-Éric est venu quand même, puisque Théo est là. On a même appelé Lucas et il suit le tout à distance au téléphone. Pour une fois, les gars et les filles, on a des idées à mettre autour d'un projet commun. C'est génial ! On « fait » vraiment quelque chose ensemble. Il me semble que c'est « fort » ainsi. On tisse quelque chose. Il me semble...

Un petit pépin, par contre. Rosalie a bien réservé la salle de la Maison des jeunes, mais quand elle est sortie du bureau de Dominique, la coordonnatrice de la Mdj, elle est tombée nez à nez avec un groupe de jeunes de l'autre école de la ville. Ceux qui se pensent bons. Nous, notre école, on l'appelle l'école « poche » parce qu'on n'a pas autant d'ordinateurs qu'eux, que notre salle étudiante fait pâle figure, que notre gymnase est misérable, etc. Bref, eux se croient toujours supérieurs aux autres. On rencontre souvent des groupes quand on va à la bibliothèque municipale pour des activités spéciales organisées par la ville. Et depuis que la Maison des jeunes existe, les frictions sont tout aussi nombreuses, car on se voit encore plus souvent. Bref, Rosalie a rencontré Thierry et Philippe, et leurs deux blondes «*scotch tape*», Chloé et Delphine.

— Vous vous rendez compte ! Ils se pensent tellement « hot » parce que les gars forment un groupe de musique.

« Les Dards », tu parles d'un nom ! Les gars sont entrés dans leur local de répétition et là, Chloé est passée devant moi en disant avec sa petite voix hautaine : « Pffft ! Nous, nos chums font de la musique. Ils vont faire un spectacle bientôt. Ils ne nous aident pas à faire des t-shirts pour des bébés qu'on ne connaît même pas… Ah pis, qu'est-ce que je dis ? Il paraît que tu n'en as plus de chum, toi ? » AGRRRR ! Je l'aurais griffée, je pense ! Je me suis contentée de lui lancer un regard plein de flèches, justement. Mais je n'ai pas su quoi lui répondre autrement.

— Rosalie, on s'en fout. Ils font leurs affaires, on fait les nôtres. Tant mieux s'ils font de la musique. Nous, c'est pas cela notre truc. On n'a pas de temps à perdre avec eux !

— Ouin, mais quand même ! C'est nul ce qu'elle lui a dit, conclut Zoé.

— Peut-être qu'elle est jalouse, parce que Pierre-Hugues faisait aussi de la musique. De la bonne musique, dit Charles-Éric.

— De la meilleure, peut-être même, avance Théo.

— Oui, mais comment elle savait qu'on n'était plus ensemble ? J'ai pas vu de mémo sur notre séparation sur le mur de la Mdj ?

— Oh Rosie, c'est OK que ça te fasse encore de la peine.

— C'est pas de la peine, Fred ! Pas pour moi. C'est son petit air snob. J'aimerais assez cela pouvoir lui clouer le bec.

— En attendant, on a des t-shirts à faire.

— Et toi, un devoir d'histoire à rendre.

Je fais une grimace à Zoé qui se moque ouvertement de moi. Mais, elle a raison. Pas le temps à perdre avec « Les Dards » et leurs blondes.

Tout le monde part vers 17 h 15. Même si j'ai une envie folle de garder

Théo avec moi un peu plus longtemps. 1) C'est impossible. Il a un match de hockey. 2) Je sens que Rosalie a une crotte sur le cœur. 3) Je dois aller porter des livres au petit Lucas à l'hôpital.

Je laisse filer Théo, non sans l'avoir embrassé avec fougue, la main encore dans ses cheveux devant Zoé, Charles-Éric et Rosalie. Zoé en reste bouchée bée. Je lui adresse un clin d'œil pétillant. Elle a compris. Je ne veux plus me cacher. Ensuite, j'attrape Rosalie par le coude.

— Reste deux minutes.

— J'ai tout mon temps, tu le sais bien…

— Ça t'embête que j'aie demandé à Pierre-Hugues de nous aider ?

— Tu lui… ?

— Ben oui ! Tu ne l'as pas vu ce matin. Il tournait en rond quand je parlais du projet. Durant le cours de français, je lui ai proposé de s'occuper de la musique durant le défilé.

— Tu aurais pu m'en parler, Frédérique. Franchement !

— Si tu ne veux pas, je lui explique. Mais je pense qu'avoir un projet commun, autre que votre « amour », vous ferait du bien. Peut-être que vous allez vous découvrir d'une autre façon. Et c'est pas toi qui voulais rester son amie quand même ?

— Je disais cela, mais je ne pensais pas que ça arriverait si tôt… Mais bon, OK. Je n'ai rien à perdre. Et j'ai besoin de ton projet pour me changer les idées durant la relâche. Qu'est-ce que je dis là, pas me changer les idées. Pour m'occuper tout court !

— Ohh Rosie ! Je t'aime, mon amie ! Tu veux rester pour souper ?

— Hummm, j'en aurais envie, mais je dois surveiller les pestes ce soir pendant que ma mère et Sylvain vont au cinéma. Pour 20 $, je vais les endurer…

Elle me fait elle aussi un clin d'œil. Je saisis tout. Elle va mieux. Elle va faire de son mieux. Eh bien, c'est prouvé : on se parle par clins d'œil.

Ensuite, je fouille dans des boîtes rangées dans une garde-robe pour trouver mes vieux livres d'enfant. Je les mets dans un sac coloré avec ceux que Théo m'a refilés ce matin et je pars en voiture avec ma mère à l'hôpital. Je ne peux pas voir le petit Lucas, car il est parti en examen. Je fais promettre aux infirmières de lui remettre mon petit cadeau… en attendant le plus gros. Elles me font un clin d'œil elles aussi. Youpi! Tout va bien aller.

Mercredi et jeudi, c'est de la folie. Les affiches: *Tu ne veux plus faire ton ménage? Ton lavage? Donne-nous tes t-shirts!* Elles font de l'effet! Mon casier déborde de t-shirts. Chaque soir, Théo devient le transporteur officiel des dons. Même chose quand on visite la Maison des jeunes. Par chance, Dominique a placé des gros bacs de récupération sous nos pancartes.

On se divise les poches de t-shirts pour faire un premier lavage. Qui sait si quelqu'un n'a pas pigé directement dans le panier de linge sale de sa famille?

Jeudi soir, exactement 130 t-shirts sont pliés et installés sur trois grandes tables dans mon sous-sol. Ma mère est un peu catastrophée. Son sous-sol ressemble à une manufacture. Charles-Éric, Pierre-Hugues et Théo se sont transformés en déménageurs pour nous fournir les tables et des chaises et des lampes sur pied. On les a trouvés archi-charmants de transporter le tout même sous la pluie, les meubles enveloppés dans des toiles de plastique et eux, avec leur capuchon et leurs jeans tout trempés.

Le sous-sol deviendra notre espace de travail. J'ai hâte de commencer.

Comme Emma part demain à 16 h et qu'elle a eu une permission exceptionnelle pour venir chez moi (pour autant que ma mère appelle la sienne), les filles voulaient devancer notre pizzadredi à ce soir. Le problème ? Théo part aussi demain. On voulait passer du temps ensemble. Dilemme. Déchirement. Je ne peux pas me dédoubler, mais je le voudrais bien. Encore une fois, je veux tout à la fois. Je ne me vois pas dire aux filles que je passe la soirée avec Théo, ni dire à Théo que je choisis les filles. J'appelle Zoé. Elle doit être dans la même situation que moi, puisque Lucas est sorti de l'hôpital cet après-midi.

— Zoé ? Est-ce que tu viens ce soir ? Parce que tu sais, si tu veux passer du temps avec Lucas, on comprendrait ! Il vient de sort… Quoi ?… Ah ! Je n'étais pas au courant. Toute l'équipe de hockey a organisé un souper pour le retour de Lucas, eh bien !… Non, non, euh je veux dire oui. Théo a dû m'en parler, mais je ne m'en souvenais plus. Oh! On sonne à la porte. On se voit tantôt alors. Bye!

En grimpant les marches, j'essaie de me souvenir. Théo. Lucas. Souper de gars de hockey. Douche froide. Théo ne m'en a pas parlé. Du moins, je ne m'en souviens vraiment plus.

Théo! Justement…

— Tu m'attendais?

— Non… oui… Ben, c'est que je parlais avec Zoé au téléphone et elle vient de me rappeler que vous aviez un souper.

— Je pense que je ne t'en ai pas parlé, non plus. Niaiseux, mais j'essayais de trouver une excuse pour ne pas y aller. J'aurais aimé être avec toi. Mais je ne peux pas faire cela aux gars non plus. Ni à Lucas.

— Tu sais quoi?

— C'est pas la soirée de départ dont tu avais rêvé, je le sais. Tu tortilles le bord de ton chandail…

— Ah tu vois, tu lis mal en moi. Je suis soulagée. J'avais le même problème que toi. Emma part demain, les filles voulaient faire le pizzadredi aujourd'hui...

Théo me prend dans ses bras. Il expire si fort que je sens son corps faire une empreinte sur le mien. On s'embrasse longuement. Quand il desserre son étreinte, je comprends que je vais m'ennuyer. Beaucoup. Énormément. Même si j'ai mon projet de t-shirts que j'ai nommé, pour l'instant « Court-circuit ».

— Tu aimes cela, « Court-circuit » ?

— Moui... ça fait « explosion d'idées » !

— T'exploses pas d'enthousiasme, par exemple...

— Il me semble qu'il faudrait que ça dise quelque chose. De toi. Des filles. De nous...

— Je vais y repenser. On a encore un peu de temps.

— Parlant de temps, faut que j'y aille. Mais avant, je peux aller te porter un petit message dans ta chambre ? Interdiction de regarder sous ton oreiller avant ce soir. Promis ?

— OK… Je peux te suivre ?

— Naonnn ! Interdiction totale et formelle.

Pendant qu'il manigance son plan, Rosalie arrive. En panique. Totale.

— T'as vu ?? Mes boutons sont revenus. Tu penses qu'ils sortent quand je suis stressée ?

— T'es stressée ?

— J'ai parlé avec Pierre-Hugues tantôt. Et je me suis re-chicanée avec ma mère. Ah… Salut, Théo ! Je ne savais pas que tu étais… caché ?

— Je m'en vais, Rosie. Pas de gars dans vos pizzadredis, je le sais. Fais attention à ma blonde durant les vacances. Essaie de la sortir un peu du sous-sol. Même pour aller magasiner.

— Euh… moi, je vais aller au sous-sol voir comment vous avez arrangé les choses. Je vous laisse…

Rosalie disparaît en bas, nous laissant seuls pour nos adieux.

— Fred, au chalet, on ne pourra pas s'appeler. Mais, j'ai convaincu mon père d'apporter son ordinateur portable. Interdiction de l'ouvrir dans la journée ou de jouer à des jeux, mais je pourrai l'ouvrir une fois par jour, le soir avant de me coucher. Écris-moi. Raconte-moi tout comme si tu me parlais. Je ne sais pas si je pourrai t'écrire. Je tape à la vitesse d'une tortue. Et j'ai négocié 15 minutes avec mes parents. Donc, je vais au moins te lire.

— Si j'écris autant que je parle, tu vas avoir à peine le temps de me lire ! Je vais me modérer…

Il sourit. Je capture dans ma tête ce sourire.

— J'ai déjà hâte à vendredi prochain. Je vais être là. On va arriver le matin. Autre négociation avec mes parents. Je pense devenir agent de joueur de hockey…

Quand il blague, quand il dit des folies, Théo retrouve ses rayons au coin des yeux. Trop charmant.

Ensuite ? Ensuite, il m'embrasse. J'ouvre ma mémoire pour me souvenir de ses mains dans mon cou, dans mes cheveux, dans mon dos jusque sur mes fesses. Je suis propulsée dans une autre galaxie. On reste accrochés l'un à l'autre. Sa tête dans le fouillis de mes cheveux. Mon nez juste en dessous de son oreille. Puis, il plante ses yeux dans les miens et me dit « je t'aime ». Suivant une ligne imaginaire comme une constellation spéciale sur mon visage, il dépose un dernier baiser sur mon front, un sur mon nez, un sur ma joue tout près de mon oreille et un dernier, de feu, sur ma bouche.

— Il faut que tu partes…

Je n'aurais jamais pensé être capable de lui dire cela. Je suis tellement bien.

— C'est vrai. J'y vais. Et n'oublie pas. La surprise pas avant d'être seule ce soir et écris-moi.

C'est pizzadredi, par chance! Autrement, je serais immédiatement allée fouiller sous mon oreiller.

De : Frédérique
À : Théo
Objet : Déjà moi
Envoyé : samedi, 01 h 04

Théo !

Je le sais, tu es encore à quelques maisons de chez moi. J'imagine que tu vas lire ce courriel demain matin juste avant ton départ. Merci. Merci. Trois millions de fois merci.

J'ai passé la soirée à lorgner vers mon oreiller tout en m'efforçant que les filles ne le remarquent pas trop. Elles m'ont trouvée bizarre quand pour écouter le film, je n'ai pas pris place sur le divan rose, mais plutôt sur mon lit. Si j'ai prétexté me mettre en petite boule pour chasser un début de mal de ventre, c'était en vérité pour être plus près de toi. J'ai tenu promesse. J'ai soulevé l'oreiller une fois les trois filles parties. J'ai même prolongé un peu le supplice en prenant ma douche avant de découvrir ta surprise.

Je ne m'attendais pas à cela. Je m'attendais à un crayon, un porte-clé, un toutou. C'est niaiseux, hein ? Mais avec ta lettre, j'étais déjà comblée. Puis, j'ai trouvé vraiment drôle que tu me dises dans le P.-S. de fermer toutes les lumières et qu'ainsi, je verrais un signe de toi. Moi, les signes, les apparitions, je ne crois pas à cela. Alors, ça m'a intriguée quand même. Parce que ça venait de toi.

Quand j'ai vu les huit petites étoiles qui se sont illuminées au plafond, j'ai ri et applaudi toute seule dans ma chambre.

En pleine nuit. « J'ai fait un drôle de rêve, je pense », ça, c'est mon excuse si demain, maman m'en parle. Parce que je ne sais pas si je veux révéler ta galaxie aux autres. J'hésite encore. D'un côté, c'est tellement beau ! Tellement romantique. Top ! De l'autre, je veux le garder pour moi toute seule.

Tu espères que je pense à toi quand je les regarderai ? Tu es vraiment inquiet ? J'aurais pensé à toi quand même ! Mais, là, ce sera comme si tu étais là. Toujours pas très loin. Mon plafond est devenu le plus beau ciel étoilé. Comme tu me l'as suggéré, je suivrai la route de ces huit étoiles et elles me mèneront jusqu'à toi... dans huit jours.

Évidemment, après tant d'émotions, je n'arrivais plus à dormir. Même avec mon iPod sur les oreilles, c'était peine perdue. J'ai pris mon crayon et ma tablette à dessins, et me suis levée. J'ai regardé tous les t-shirts empilés sur les tables dans notre nouvel atelier. J'ai dessiné quelques trucs. J'ai noté des phrases inspirantes. J'ai déplacé des t-shirts dans de nouvelles piles. Il y a celle des t-shirts qui serviront de base (les plus beaux et les moins abîmés), celle de ceux que je découperai pour enjoliver la première pile, celle des indécis que je ne sais pas où classer pour l'instant, celle avec des motifs, etc.

Cette activité m'a tenue occupée au moins une heure. Jusqu'à ce que mes yeux me piquent. Je suis retournée au lit et me suis couchée sous une pluie d'étoiles.

Merci encore. Tu es trop... trop... exceptionnel.

Je t'aime.
F.
xxx

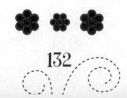

De : Frédérique
À : Théo
Objet : Les yeux sur les étoiles
Envoyé : dimanche, 16 h 45

Salut Théo !

Ce soir, je m'ennuie. Je t'écris et je surveille les étoiles. Il a fait beau tout le week-end, alors Rosalie et moi avons été dehors. On est évidemment passées par le centre commercial... mon petit cahier à la main. J'ai noté d'autres idées. En se promenant, on est tombées par hasard devant une église où il y avait un bazar. J'ai acheté quatre sacs d'épicerie remplis de boutons et un sac plein de rubans. Le prix ? 5 $. Super-aubaine. Non ?

Autrement, dis-moi, cachottier de mes rêves, savais-tu que le directeur de l'école m'a téléphoné cet après-midi ? (Qu'est-ce que je dis ? Je le sais que c'est toi. Le directeur me l'a dit. Tu lui as présenté mon projet en cachette parce je n'aurais pas accepté de ne pas être choisie…) Il reste que de recevoir un appel du directeur, un dimanche, c'est assez spécial. J'ai cru m'évanouir quand je l'ai entendu se présenter. OK! J'avais un peu négligé mes devoirs et même deux examens la semaine dernière, mais est-ce que ça me valait vraiment un appel, une journée de congé? Sérieux! Je n'arrivais presque pas à articuler des « oui » et des « non » à ses questions. Finalement, il ne voulait pas me chicaner. Il aime tellement mon projet qu'il l'a choisi pour représenter l'école pour le concours « Cœur Atout ». Je capote! Comment peux-tu être loin et avoir fait tout cela? Sérieux! C'est fou! On dirait que tes étoiles travaillent pour toi à distance.

Dernière chose (je sais, il faut que mes lettres ne soient pas trop longues pour que je puisse espérer avoir une réponse),

Rosalie et moi avons encore croisé Chloé à la Maison des jeunes. Du coup, j'ai compris pourquoi Rosalie voulait lui clouer le bec. Elle est tellement superficielle. Tu penses Rosalie superficielle avec ses produits pour ses boutons (elle les a encore, si ça t'intéresse... haha!), ses looks ultra-mode, etc. Mais cela, c'est juste l'extérieur. L'enveloppe. La carapace. Rosalie est comme cela parce qu'elle se protège, je pense. Et parce qu'elle ne sait pas qui elle devrait être vraiment. Chloé, elle, elle est superficielle du cœur. Elle juge. Elle critique. Elle balaie ceux qui ne sont pas comme elle du revers de la main et avec dédain. C'est pas une copine pour mon divan en tout cas! J'arrête. C'est notre souper MF, ma mère et moi. Elle trouve que je l'ai un peu délaissée. Ça va nous faire du bien. J'ai hâte de lui raconter pour le concours! Tu vas encore gagner des points: elle te trouvera génial!

Merci de m'avoir écoutée. Lue. C'est la même chose.

Je t'aime beaucoup.
F.
xxxx
P.-S. : Ça va ? Tu t'amuses ? Comme d'habitude, je parle (écris) trop et je ne t'en laisse pas la chance...

De : Frédérique
À : Théo
Objet : Scénario d'horreur
Envoyé : lundi, 19 h 35

Théo, c'est la catastrophe. La FIN de mon projet. Je pleure depuis tantôt sur le divan. J'exagère, mais si peu ! Tu ne le croiras pas.

Zoé, Rosalie et moi avons commencé la création des t-shirts ce matin. On a travaillé comme des folles. Vers 17 h,

Rosalie est allée à la Maison des jeunes pour mesurer la longueur de la pièce pour planifier le défilé. En même temps, elle voulait afficher l'événement sur le babillard. Et c'est là que la catastrophe est arrivée. Une autre affiche a retenu son attention. Les Dards — le groupe du chum de Chloé la chipie — présentent un spectacle pour amasser des sous, car ils veulent enregistrer un démo pour leur participation au concours Zip-Zik. Tu sais, Pierre-Hugues nous a déjà parlé de ce concours pour la relève et dont les gagnants seront sur le site Web de la radio CBON. En tout cas, les Dards font leur spectacle… vendredi soir… dans la grande salle de la Maison des jeunes. Ça ne marche pas du tout ! C'est notre soir aussi ! On a réservé !

On ne peut pas être les deux gangs à la fois ! Notre projet est mille fois mieux que celui des Dards. Là, Rosalie est restée plantée devant la publicité, immobile *comme une statue. Puis… Chloé est apparue. Tu sais ce qu'elle lui a dit ? « Quoi ? T'es jalouse ? Parce que mon chum est un vrai musicien et pas Pierre-Hugues ? » Oh qu'il ne fallait pas lui dire cela ! Elle a arraché la pancarte en gueulant tellement fort que vendredi c'était notre soir à nous ! Et pas question qu'on change de date ! Les cris, les insultes et les menaces de Rosalie et de Chloé ont alerté toute la Maison des jeunes. Mais Dominique, la responsable, n'était pas là ! Sa remplaçante n'a pas voulu trancher et nous a donné un rendez-vous avec Dominique demain matin à 10 h. Je capote ! Zoé est outrée. Les gars sont fâchés. Rosalie est toujours en colère. Moi, j'ai le goût de tout abandonner. Mais on ne peut pas. L'organisateur du concours a confirmé qu'il viendrait nous voir vendredi. Ça va peut-être nous aider à garder la salle. S'il te plaît, Théo… aide-moi !*

Fred… démolie !

De : Frédérique
À : Théo
Objet : Fiou !
Envoyé : mardi, 11 h 32

Théo ! Fiou !

Tu as compris : notre défilé est sauvé. Je suis soulagée. Je t'explique.

Rosalie, Zoé et moi (je ne voulais pas être seule, là !) avons rencontré Dominique. Face à face avec Les Dards et leurs insé- parables blondes ! Évidemment, personne ne voulait changer. Prévisible ! J'ai plaidé qu'on était engagés avec le concours Cœur Atout. J'ai expliqué pourquoi on faisait cela à la base, avant même Cœur Atout. Et c'est là que Thierry a eu l'idée de jume- ler nos deux projets dans une grosse soi- rée. « On va faire de la musique pendant les pauses de votre défilé de mode. Ça va être ultra-big ! » Je n'ai pas sauté de joie, mais puisqu'il n'y avait aucune autre possibilité, mieux valait partager la salle qu'annuler complètement !

Thierry a aimé mon idée pour l'hôpital, car son demi-frère est justement allé à l'hôpital ou je ne sais trop ! Là, je te jure que Chloé a pâli. Ou plutôt, elle a passé par toutes les couleurs. Rouge de colère, verte de jalousie, etc. Elle a essayé de faire croire à son chum que tout était parfait, que c'était vrai que c'était une bonne idée d'aider les enfants malades, etc. Exactement le contraire de ce qu'elle avait dit à Rosie. J'ai justement dû faire signe à Rosalie de ne rien dire et de ne pas s'énerver. Ce n'était pas le moment. Tout d'un coup que notre entente déjà précaire tomberait à cause d'une autre chicane.

En sortant, on s'est tous serré la main sur le pas de la porte. On a attaqué Chloé dignement. À coups de clins d'œil subtils ! Quand je lui ai tenu la main, je lui ai dit : « Votre projet n'est pas trop poche quand même ! Nouveau départ, dac ? » Mon ton était assez tranchant ! Premier clin d'œil. Rosalie lui a dit : « Au fait, au sujet de Pierre-Hugues et moi, tu avais de TRÈS mauvaises sources ! » Deuxième clin d'œil. Zoé s'est chargée de lui murmurer : « Nous, l'hypocrisie, ça nous pue au nez. On va faire un t-shirt là-dessus, peut-être que tu voudras l'acheter. » Troisième clin d'œil. Je pense que Chloé a compris le message.

Tout est bien qui finit bien. Ou presque. Rosalie est ultra sur les nerfs. On l'est tous. Aujourd'hui, on planifie la « nouvelle » soirée. On a eu de bons flashs. À moins qu'on change encore : on ne fera plus de vrai défilé. Les Dards vont jouer de la musique. Puis entre quelques chansons, on présentera les t-shirts sur des grandes tringles, des genres de cintres géants. Ne reste qu'à fabriquer ces cintres géants et à trouver des bras forts pour les tenir… Tu me vois venir ? Tu sais ce que tu feras en compagnie de Lucas, Charles-Éric, Pierre-Hugues et Dominic ?

Rosalie animera la soirée. Avec ou sans ses trois boutons. Je lui ai fait promettre. Je ne veux pas de Chloé là. C'est mon projet, même si je ne suis pas certaine du nom… Court-circuit ? Non ! Trop mauvais présage ! Je veux que l'énergie passe entre nos deux gangs. Je n'ai pas le temps de faire des étiquettes pour mes t-shirts… Faut que je me branche, mais je n'ai pas l'énergie de penser pour le moment… Rosalie est en train de raconter tout cela à ma mère en haut pendant que je te l'écris. Je vais les rejoindre. On dîne et ensuite on se met à l'ouvrage.

Je t'aime.
F… soulagée !
xxxxxxxxxx

De : Frédérique
À : Théo
Objet : Tu es dévoilé !
Envoyé : mardi, 21 h 32

Allo mon allumeur d'étoiles !

Ça y est, tu es dévoilé ! Je n'ai pas pu résister. Rosalie dort à la maison et elle a vu les étoiles. Elle t'a trouvé totaaaaaaaaalement chou (C'est son expression !!). Là, elle est dans la douche et je peux t'écrire.

On a jasé pas mal, elle et moi. Sylvain et sa mère vont habiter ensemble cet été. Avec les deux filles de Sylvain, une semaine sur deux. Ça ne l'enchante pas du tout ! Rosalie a l'impression de perdre sa mère un peu plus chaque jour. Étrangement et secrètement, je l'envie. Pas beaucoup, mais un peu. Rosalie a déjà connu la vie avec son père et là, elle va revivre une vie de famille. Moi, je n'ai jamais connu cela.

Je suis aussi assez jalouse de toi. Tu pars avec tes cousins, cousines, oncle et tante et tes parents pour une semaine tous ensemble. Moi, je ne connaîtrai jamais cela. Je l'aime, ma mère, ce n'est pas la question, mais on est toujours toutes seules. Ensemble, mais seules. Des fois, je me sens sur un minuscule radeau en plein milieu de l'océan. Je ne peux pas la laisser là, toute seule. Ah ! Je sais bien qu'elle fait tout pour moi, qu'elle est géniale, etc. Ce n'est pas pour la critiquer. Pas du tout, même ! Mais il y a des nuits où je rêve d'une famille grouillante. Même de demi-sœurs un peu fatigantes. De cousines gentilles. De cousins drôles. Et d'un papa. Je me demande souvent s'il pense à moi. S'il se rappelle que je suis là, quelque part dans le monde pendant que lui, il est… il est… Je ne sais pas où il est. Et s'il n'est jamais revenu depuis le jour que ma mère lui a dit qu'elle était enceinte, s'il ne s'est jamais pointé le bout du nez à mes anniversaires, s'il ne s'est jamais manifesté pour aider ma mère, je ne suis même pas certaine que je veux savoir où il est. Et qui il est !

Tiens, ça me donne une idée pour un t-shirt. « Où es-tu ? » Je vais le créer tout de suite après avoir terminé ma lettre. Je découperai les lettres dans un jean usé et je les broderai sur le t-shirt.

On s'est créé un environnement de travail ultra-chouette. Charles-Éric a transporté la télé dans mon « atelier ». On peut regarder plein d'émissions et de films. Rosalie est là presque en permanence. Zoé aussi ! Et tadammmm : Lucas est de retour… Il réussit à venir aussi !

Notre début de semaine de relâche, Rosie et moi, ça nous fait rêver à notre future vie d'appartement quand on sera au cégep ou à l'université. Ça, c'est une des choses qu'on aime le plus imaginer… Mais, en tout cas, on travaille dans la bonne humeur. Malgré le gros stress qu'on a eu. Zoé et Rosalie sont super bonnes pour écrire les messages avec les crayons pour tissu. On a même sorti la peinture et les pinceaux ! C'est trop top ! Moi, je m'occupe des t-shirts qu'on brode ou sur lesquels on coud des trucs (rubans, autres pièces de tissu, etc.). Après la relâche, je vais montrer aux filles comment coudre. Peut-être qu'on va toutes devenir designer de mode ? Je rêve. Je rêve, je sais. Mais c'est plus fort que moi. Je pense déjà à ce que je pourrais faire « après »…

Je t'aime
Frédérique
xxx

De : Frédérique
À : Théo
Objet : La fin approche
Envoyé : mercredi, 14 h 30

Panique ! Théo, j'aimerais donc que tu sois là. Tu pourrais me calmer un peu. Ou m'embrasser et me faire oublier deux minutes qu'il me reste 25 t-shirts à produire. Demain soir, il faut que les 75 soient prêts. Tu t'y connais en fer à repasser ? Parce qu'il faudra les repasser un peu pour qu'ils soient super beaux ! Qui voudrait acheter un t-shirt tout chiffonné ?

J'ai commencé à remplir le formulaire pour le concours Cœur Atout. Pas facile de décrire toutes les étapes de ma démarche. Mais… j'ai eu un flash du tonnerre ! Un autre ! J'ai convoqué toute la gang. Les gars comme les filles.

Puisqu'il est un pro en informatique, Charles-Éric va créer un mini site Web

pour l'événement. Lucas sera notre photographe officiel. On va « montrer » au lieu de décrire ! Les gars sont en train de faire des plans du site (page sur comment j'ai eu l'idée, sur l'équipe, sur notre atelier avec plein de photos, sur l'organisation de la soirée, sur notre collaboration avec les Dards, sur les derniers préparatifs et finalement une page sur la soirée). Cool, non ? Les gars sont em-bal-lés. Même Pierre-Hugues essaie de trouver comment mettre de la musique sur le site Web pour que ce soit encore plus top ! Pendant ce temps-là, j'ai écrit avec Rosalie son petit discours pour expliquer le projet. Je l'utiliserai pour le site Web aussi. Et on est en production active d'affiches. Philippe, Thierry, Chloé et Delphine nous ont proposé leur aide pour la publicité. Finalement, ils ne sont pas les ennemis qu'on pensait. Pierre-Hugues les a même aidés à ajouter des percussions nouvelles dans leurs chansons.

Tu sais quoi ? On a l'air d'une vraie bande d'amis, finalement. Il ne manque que toi. Mais aujourd'hui, je n'ai pas trop eu le temps de m'ennuyer ! Toi aussi, tu sembles avoir chassé l'ennui. Tu ne m'écris pas ! Je ne sais pas trop comment lire ton silence. Le traduire par de la colère ? Par un manque de temps ? Parce que tu ne penses pas à moi ? Parce que tu n'as pas le temps ? J'espère que tu seras là vendredi matin. Je te voudrais, là, tout de suite, près de moi.

Fred
xxxx

De : Frédérique
À : Théo
Objet : La fin approche vraiment
Envoyé : mercredi, 20 h 34

Salut mon astronome !

J'ai la langue qui me picote. Je voudrais tant te parler.

On va être prêts. Une chance que tout le monde m'a aidée. La semaine de relâche n'aura jamais aussi vite passé.

Demain, on finalise les derniers t-shirts. On a préparé une chaîne téléphonique pour avertir tout le monde. On invite les jeunes, mais aussi les parents s'ils le désirent. Ils vont peut-être dépenser pour nous ! Lucas va appeler le journal local, la radio de la ville et même CBON, ceux qui organisent le concours de musique.

Je pense que j'ai trouvé le nom. J'ai hâte de savoir ce que tu en penses. Je n'en ai encore parlé à personne. Je le mijote. « Trois boutons ». Pourquoi ? D'abord pour faire un clin d'œil à Rosalie. Et parce que je pourrais coudre trois boutons sur le bord du t-shirt ou encore sur la bordure du cou, derrière la nuque. Trois boutons pas pareils. Pour montrer la diversité. Pour rappeler les trois principes de la récupération (parce que j'ai quand même récupéré des t-shirts pour en faire d'autres…!). Qu'en dis-tu? Je sais que c'est le bon nom. Je n'aurais ainsi besoin d'aucune étiquette. Mais cela implique que je couse 225 boutons en une journée. Et il me reste 10 t-shirts à terminer. C'est un peu capotant…

Il n'est même pas 21 h et je m'endors. Tout le monde vient de partir. On se retrouve demain matin ici pour lancer la dernière offensive. Vendredi, on transporte tout à la Maison des jeunes. On fait les tests et les derniers préparatifs. J'ai pensé utiliser les t-shirts que je n'ai pas utilisés pour faire la déco. On va en accrocher près de la porte d'entrée de la Maison des jeunes pour diriger les invités vers la grande salle. J'ai encore d'autres idées qui trottent dans ma tête. Mais je pense

plutôt que je vais m'installer sous mes
étoiles pour me reposer un peu. Il n'en
reste que deux. Youpi !

Frédérique
xxx

De : Théo
À : Frédérique
Objet : J'arrive
Envoyé : jeudi, 07 h 45.

J'arrive. Je serai là cet après-midi vers
15 h. Mes parents ont compris que tu avais
besoin de toutes les mains disponibles.
Prépare tes 225 boutons ! C'est trop génial
comme nom. Tu vas être obligée de me
donner un cours accéléré en couture de
boutons !

Désolé de ne pas t'avoir écrit avant. La
connexion Internet est tellement poche.

Je t'aime.
Théo
xxxxxxxxx

Le courriel de Théo me redonne l'énergie nécessaire pour terminer ma journée. Mieux, il me transporte… jusqu'aux étoiles.

Le jour de son arrivée, il m'appelle avant même d'enlever son manteau. Deux mots suffisent : « J'arrive. » Et il raccroche. J'ai l'impression que mon cœur va sortir de mon corps. Je calcule vite vite que se rendre chez moi devrait lui prendre moins de cinq minutes. Les cinq minutes les plus longues de ma vie. Je cours en haut pour le surveiller de la fenêtre et dès que je le vois apparaître, mes jambes se mettent à trembloter. Je sors et je vais le rejoindre. Le plaisir d'être séparés, c'est se retrouver ! Je tombe dans ses bras. Il me soulève et me fait tourner dans les airs. Comme dans les films. On s'embrasse comme si on avait été séparés depuis des semaines. Je crois que je l'embrasserais pendant des heures… Puis, je me ressaisis. Je lui donne à peu près vingt becs de suite pour me desserrer de son étreinte, un peu, et je lui prends la main pour l'entraîner à la maison.

On travaille toute la journée, les gars et les filles ensemble. Je zyeute Théo tout le long. J'ai juste envie que tout le monde parte pour me retrouver seule avec lui.

À 17 h 30, prétextant qu'on en a vraiment fait assez pour la journée, je mets tout le monde dehors. Sauf lui, bien sûr. On descend au sous-sol, enfin seuls tous les deux. Blottis sur mon divan rose, on regarde les étoiles ensemble. Dans le noir. Comme si le ciel était à nous. En se caressant doucement. Comme si on se découvrait à nouveau. Enfin, Théo est là. On reste blottis sur le divan et on se parle en murmurant comme si on voulait que personne ne nous entende. Il me caresse les cheveux doucement et m'embrasse avec passion. Je resterais auprès de lui comme cela, au chaud, pour… toujours. Juste comme il me renverse un peu sur le divan en me donnant un autre long baiser, ma mère entre dans ma chambre sans cogner ! Disons qu'on se décolle rapidement. Ultra-gênés tous les deux.

— Oh ! C'était tellement silencieux que j'étais certaine que tu étais sortie Fred ! bredouille ma mère, elle aussi un peu mal à l'aise.

— Non, non, c'est pas grave, dis-je.

— On allait coudre des boutons sur les t-shirts. Fred allait me montrer comment faire, ajoute Théo.

— Humm ! Une belle leçon de couture, c'est vrai ! ricane ma mère. Montez ! Je vais faire du spaghetti et je peux vous donner un coup de main si vous voulez !

On coud des boutons tout le reste de la soirée. Pas le choix ! Ma mère prétexte une soudaine fatigue pour nous laisser un peu seuls vers 20 h en nous faisant promettre de fermer boutique à 21 h.

— Ça suffit ! Autrement demain, tu ne tiendras pas debout, me lance-t-elle.

Une heure seule avec Théo... mais encore une bonne centaine de boutons à coudre. Mes mains seront occupées à passer le fil et l'aiguille sur le tissu et non à caresser la main de Théo...

— Me faire coudre des boutons, toute une soirée de temps ! Tu te surpasses...

— Je suis exceptionnelle, c'est pour cela ! Et tellement convaincante...

— Disons ! Disons ! Mais vraiment là, jamais je n'aurais pensé que ton projet, ton idée de départ se serait transformée en une minientreprise ou presque. Tu te rends compte ? C'est gros, là ! Vous avez 75 t-shirts à vendre ! Et tu vas tous les vendre...

— Tu penses ?

— Ben oui ! C'est sûr ! Avec toute la publicité et les annonces partout, ça ne peut pas être autrement.

— Tant mieux ! Mais surtout, Théo, ces t-shirts-là ont tissé des vrais liens entre nous. On forme comme une grosse équipe !

— T'es une rassembleuse, Fred. Moi, il faudra que j'apprenne à te partager toujours un peu…

— Me partager ? Je ne suis pas à toi ! On est ensemble !

— Je sais ! Il n'y a personne qui pourra t'enfermer, Fred, et c'est tant mieux. Comme cela, tu vas pouvoir continuer à tous nous entraîner dans tes folies.

C'est un des compliments les plus gentils que j'ai reçus de toute ma vie.

La journée commence par un lot de bonnes nouvelles. Emma revient ce midi. À entendre sa voix au téléphone, je comprends que ses punitions sont terminées. En effet, il paraît qu'elle a longuement discuté avec sa mère. Bon, cette dernière n'est toujours pas enchantée à l'idée qu'Emma ait un chum, mais elle a compris qu'Emma vieillissait. Il paraît même que sa mère lui a raconté ses premiers flirts et que c'est après l'évocation de tous ces souvenirs qu'elle lui a dit que c'était correct pour Charles-Éric et elle. Pour autant qu'elle ne néglige pas ses cours de danse et que ses notes ne baissent pas. Aucun risque ! Même qu'elles vont probablement remonter (si c'est possible !). Charles-Éric, c'est un « bollé » comme Emma.

Théo vient me rejoindre pour qu'on se rende ensemble à la Maison des jeunes. Je le regarde constamment, tellement que ce sont ses coups de coude qui me ramènent à la réalité.

Qui marche juste devant nous ? Rosalie et Pierre-Hugues. Main dans la main, eux aussi ! Je m'élance pour aller les surprendre, mais Théo m'en empêche.

— Du calme, Fred ! me dit-il. Laisse-les un peu tranquilles… Pierre-Hugues m'a fait la confession qu'il avait fait une erreur en laissant Rosalie, mais qu'il a dû la convaincre fort pour qu'ils reprennent. Ils ont besoin d'intimité. Je ne suis pas sûr qu'ils veuillent le dire à tout le monde, tout de suite !

Wow ! Un amour secret pour mon amie nullement secrète, habituellement ? Je n'en reviens pas.

— Tu sais cela comment toi ? Pourquoi je suis la seule à ne pas le savoir ?

— Fred, des fois-là, tu es tellement dans la lune que tu ne vois pas toujours ce qui t'entoure, je crois…

— Je ne suis pas dans la lune, mais sur des étoiles…

C'est peut-être vrai. Faudrait que je repense aux réactions de Rosalie ces derniers temps, mais là je n'ai pas le temps. Mais j'ai compris le message… Trop dans ma bulle, encore…

Ensuite, quand on retrouve toute la bande à la Maison des jeunes, on est époustouflés. Les Dards ont vraiment mis le paquet. Il y a des piles d'affiches prêtes à être accrochées dans tous les corridors. Tout va être placardé pour notre événement. Ils l'ont appelé l'événement « M & M », pour Mode et Musique, au profit du département de pédiatrie de l'hôpital. Comme Dominique se sentait un peu coupable d'avoir réservé la salle à nos deux groupes, elle a acheté une vingtaine de sacs de bonbons M & M qu'on pourra mettre sur les tables durant le spectacle et l'exposition-défilé des t-shirts.

La journée passe comme une tornade. Certains jouent de l'agrafeuse et des punaises pour tout accrocher, d'autres enfilent les appels téléphoniques, d'autres encore préparent la salle. Même Chloé nous aide vraiment. Rosalie répète ses textes pour l'animation entre les essais des Dards et sous l'œil admiratif de Pierre-Hugues qui, lui, s'occupe du son. En théorie. Ça lui donne une bonne excuse pour être pas trop loin de sa blonde secrète. J'ai compris… enfin ! Et je les ai même vus se faire un petit signe mystérieux jumelé à un regard ultra-complice. Ah ha ! Je suis une bonne détective… quand on m'ouvre d'abord les yeux.

Emma arrive en coup de vent à 16 h. Elle attrape Charles-Éric pour une série de baisers amoureux devant tout le monde. Tout le contraire des deux autres, finalement ! Elle paraît soulagée de ne plus avoir à se cacher. Son bonheur me fait plaisir. Elle n'a plus l'air torturée. Je sais que même quand elle se trouvait à l'abri des regards de ses parents, elle se sentait toujours coupable d'être avec Charles-Éric. Comme si elle se mentait à elle-même. Elle doit avoir l'impression de flotter sur un nuage présentement. Ça me fait un peu penser à moi qui cherchais ma place dans ma nouvelle relation avec Théo…

À 17 h, tout est en place. Chacun retourne chez soi pour une douche et un souper. Je ne suis pas capable d'avaler plus que deux barres tendres et une pomme. Trop excitée. Je n'entends même plus les signaux de mon estomac.

Spontanément, avant de partir, je saisis le téléphone et j'appelle au département de pédiatrie de l'hôpital.

J'explique à l'infirmière qui je suis et que je voudrais dire deux mots au petit Lucas, s'il est là.

— Ouiiiiiii alllllloooooo ! fait soudain une petite voix aiguë.

— Lucas ! Je suis Frédérique. Tu sais, on s'est vus l'autre jour quand je suis allée voir mon ami le grand Lucas.

— Je te reconnais, voyons !

— Je voulais juste te dire que ce soir, je vais vendre plein de t-shirts et qu'avec les sous, je vais pouvoir aller porter plein de livres et de jouets dans la salle de jeux de l'hôpital.

— Trop cool ! J'ai vu les affiches. Ma maman m'a expliqué. T'es quand même gentille même si tu n'as pas joué avec moi longtemps l'autre fois.

— On se reprendra, OK, Lucas ?

— OK. Ce soir, est-ce que tu vas mettre ton foulard plein d'étoiles ? Je le trouve beau, moi.

— Ah oui ? Alors, je vais le mettre. Pour penser à toi. On se voit bientôt ! Bonne soirée, Lucas.

— Bye !

Cette petite conversation me donne toute l'énergie qu'il me faut pour la soirée. J'entortille mon foulard mauve étoilé autour de mon cou après avoir enfilé un t-shirt « Trois boutons », celui sur lequel est écrit : Je suis les étoiles filantes, et je me rends à la soirée M & M.

Avant d'ouvrir les portes au public, on se réunit tous sur la scène. Les deux gangs n'en forment plus qu'une seule maintenant. Chacun a un t-shirt original. Les grandes perches avec les cintres dorés sont prêtes. Tous les t-shirts aussi.

Rosalie porte : Et si demain était différent… ; Emma : Je suis qui je suis. Totalement. ; Zoé : Librement moi ; Théo :

Jusqu'au bout… ; Lucas : Un pied, c'est bien. Deux, c'est mieux ! ; Charles-Éric : Être. Et non paraître. ; Pierre-Hugues : Recommencer. Encore et toujours. Sans peur. ; Thierry : Les Dards. En plein dans le mille ! ; Philippe : Les Dards. Toujours piquants ! ; Delphine : Ensemble, c'est tout. ; Chloé : Authentique en tout temps ! (Personnellement, j'aurais eu envie d'écrire autre chose sur son t-shirt, mais je pense que ce message est suffisant.).

Comme je le fais souvent avec les filles, je tends la main devant moi en fermant les yeux. Onze autres mains s'empilent. On a réussi. Les Dards se sont installés, Rosalie a rassemblé ses notes et j'ai vu Pierre-Hugues lui voler un baiser derrière les rideaux. Juste avant que Théo ne m'attrape par la taille.

— Juste un baiser ou deux avant que tu m'échappes pour la soirée. Il y a plein de monde qui attend. Complètement fou. Je suis jaloux, il n'y a jamais autant de gens qui viennent à nos matchs de hockey.

— Je pourrais changer votre chandail d'équipe, peut-être ?

— Woo ! Woo ! Frédérique. Demain, je compte bien profiter de la journée pour te capturer.

— Demain, Théo, on va magasiner. Pour dépenser l'argent qu'on aura recueilli ce soir.

— Ohhh demain ? Pour vrai ? On pourrait attendre…

— J'ai pas le temps d'attendre. Je ne suis pas capable d'attendre.

— On ouvre les portes. Y en a plein qui n'en peuvent plus d'attendre dehors justement, lance soudain Lucas.

Un troupeau de gens envahit la grande salle. Des amis de l'école. Des amis des Dards, de l'autre école. Des parents. Ceux de tous mes amis. Ma mère et même celle de Rosalie… sans Sylvain. Les directeurs des deux écoles. Des professeurs.

Un journaliste du journal local. La radio locale et même deux animateurs de CBON.

Ce fut un succès. J'ai encore les oreilles qui bourdonnent.

On était censés vendre les t-shirts à la fin de la soirée. Mais déjà, à l'entracte, on se les arrachait. Même si on les vendait 10 $, beaucoup ont donné plus ! On a prolongé la pause pour finaliser les ventes. En 40 minutes, on a vendu tous les t-shirts. On a même eu de la difficulté à garder ceux qu'on portait. Mais personne ne voulait s'en départir. C'était comme notre paye.

Pendant que les Dards jouaient, Emma et Charles-Éric ont comptabilisé nos profits à l'arrière-scène. Quand Rosalie m'a donné la parole pour les remerciements avant la dernière chanson des Dards, j'avais la voix plus assurée. Jusqu'à la dernière seconde, ce soir-là, j'ai eu peur que personne n'aime mes t-shirts. Qu'ils ne les trouvent pas assez professionnels. Trop colorés. Ou pas assez originaux. Ou trop. À voir les gens se battre — ou presque — pour en obtenir un, j'ai été soulagée.

« Merci au grand Lucas qui m'a inspiré une partie de cette idée parce qu'il s'est blessé — oh! je sais, les gars du hockey ne sont pas très contents, car ils perdent tout un joueur! Merci au petit Lucas, qui n'est pas ici ce soir, mais qui doit certainement déjà penser à tous les jeux et les livres que je pourrai apporter à l'hôpital avec l'argent recueilli. Merci finalement à mes amis qui m'ont suivie dans ce projet fou! Merci à tous ceux qui nous ont encouragés et qui ont acheté un t-shirt. J'espère que vous les porterez avec fierté. Grâce à vous, on vient de me dire qu'on peut aller dépenser 850 $ au profit des enfants malades!

Je sais que vous avez été généreux, mais si vous voulez encourager encore nos amis Les Dards, ce serait génial ! »

Un tonnerre d'applaudissements a retenti.

Puis, j'ai vu le directeur de mon école s'avancer vers la scène en compagnie d'un monsieur inconnu.

« Veuillez m'excuser d'interrompre la fin de la soirée. Je me présente : Claude Lacombe, président du concours Cœur Atout pour la région. Ce soir, personne ne le savait, mais je suis venu en éclaireur pour observer le déroulement de la soirée de la candidate, mademoiselle Frédérique. Elle n'était pas au courant elle non plus ! La date finale pour examiner les candidatures, c'était aujourd'hui. Je dois donc rendre ma décision. En voyant tous les efforts fournis par l'équipe de mademoiselle Frédérique et en ayant analysé aujourd'hui son dossier de candidature et le site Web créé pour sa collection « Trois boutons », je peux vous dire que mon choix est clair. J'ai l'honneur de vous présenter celle qui représentera notre région au concours provincial Cœur Atout : mademoiselle Frédérique Windsor ! Elle a su faire preuve d'originalité et de flexibilité dans la réalisation de son projet qui démontre combien elle a à cœur le bonheur des autres. Elle a rallié des gens à sa cause et votre présence ce soir, cher public, prouve qu'elle est une vraie rassembleuse. Bravo, Frédérique ! »

M'évanouir ou m'envoler ? Je ne sais plus ce que j'ai fait. Non, en fait, je m'en souviens. On dirait que j'étais clouée au sol. Incapable de bouger. Rosalie m'a foncé dessus pour m'attraper par le cou. Zoé et Emma sont accourues aussi. Théo et les gars aussi ! Ils m'ont poussée en avant jusqu'au micro.

Je leur ai fait signe de rester près de moi. Au cas où je faiblirais, mais surtout parce que ce succès, je leur devais en grande partie. J'ai invité Thierry, Philippe, Chloé et Delphine à nous rejoindre aussi. J'ai levé les yeux deux secondes vers le plafond. Aucune vraie étoile ne se trouve dans la grande salle de la Maison des jeunes, mais j'ai pensé au petit Lucas en frottant un peu mon foulard sur ma joue pour récolter une larme de trop-plein d'émotion.

Ensuite ? Ensuite, je ne sais plus trop. On a fini la soirée en danse improvisée dans la salle. Plusieurs parents sont partis au restaurant ensemble, nous promettant de venir nous chercher à la fermeture de la Maison des jeunes. Dominique a prolongé l'ouverture jusqu'à 23 h. Je me souviens d'avoir dansé avec Théo. Je me souviens d'avoir regardé mes amis s'amuser. Je me souviens d'avoir vu Rosalie faire un gros câlin à sa mère. Je me souviens d'avoir été prise en photo par les photographes du journal et même interviewée par les animateurs de CBON.

Je me souviens surtout d'avoir regardé à nouveau vers le plafond et je crois bien avoir aperçu une étoile finalement. À moins que ce fût le reflet d'un flash d'appareil-photo ? Non. C'était une vraie de vraie étoile.

J'ai fixé le plafond et je me suis mise à tourner sur place, les bras étendus, les cheveux balayant mon dos. Les yeux fermés, on voit toujours plein d'étoiles. Toujours.

Les secrets du divan rose

Quel projet aimerais-tu démarrer avec tes meilleures copines ? Qu'aurais-tu écrit sur ton chandail ? Qu'aimes-tu faire durant la semaine de relâche ou les vacances ?

Tu as de nouvelles idées d'aventures pour Frédérique, Rosalie, Emma et Zoé ? Partage avec nous tes réflexions à divanrose@boomerangjeunesse.com.

Dans la même collection

ISBN 978-2-89595-456-9

ISBN 978-2-89595-457-6

ISBN 978-2-89595-458-3

ISBN 978-2-89595-485-9

ISBN 978-2-89595-524-5

ISBN 978-2-89595-547-4

ISBN 978-2-89595-606-8

ISBN 978-2-89595-564-1

ISBN 978-2-89595-602-0